大河的歌谣

大
秀 ——著

北方妇女儿童出版社

·长春·

图书在版编目（CIP）数据

大河的歌谣 / 大秀著 . — 长春：北方妇女儿童出
版社，2024.6

　ISBN 978-7-5585-8313-1

Ⅰ . ①大… Ⅱ . ①大… Ⅲ . ①长篇小说－中国－当代
Ⅳ . ① I247.5

中国国家版本馆 CIP 数据核字 (2023) 第 254320 号

大河的歌谣

DAHE DE GEYAO

出　版　人	师晓晖	
策　划　人	陶　然	
责任编辑	石晓磊　刘聪聪　杨多铎	
版式设计	长春市一行平面设计有限公司	
开　　　本	880mm×1230mm　1/32	
印　　　张	8.5	
字　　　数	130千字	
版　　　次	2024年6月第1版	
印　　　次	2024年6月第1次印刷	
印　　　刷	长春人民印业有限公司	
出　　　版	北方妇女儿童出版社	
发　　　行	北方妇女儿童出版社	
地　　　址	长春市福祉大路5788号	
电　　　话	总编办：0431-81629600	
	发行科：0431-81629633	

定　　　价　　35.00元

候鸟掠过河岸，天空鸟鸣悠扬，
那是它们唱给大地的歌谣。

目录

第一章

麻雀台

第一章

麻雀台

　　鲁西南黄河滩的三月，春意渐浓。春风悄悄吹化了黄河两岸残留的冰雪，吹出了柳树枝头一簇簇鹅黄色的嫩芽儿，吹醒了寒冬里冻得硬邦邦的泥土。苏醒过来的大地踩上去软绵绵的，像地毯，更像庄稼人蒸馒头的发酵面团。

　　星期天早上，太阳还未从地平线上钻出来，麻雀小学五年级的男孩儿白藕便跟着爷爷老白来到了黄河滩放羊。朦胧的晨雾弥漫在河滩上，把河滩渲染得似一幅展开的水墨画卷。这个时间点，他的同学们也许还沉浸在睡梦里，如果不是爷爷说最近河滩上出现了以前没见过的鸟，如果不是那些鸟勾起了他强烈的好奇心，他才不会起那么早呢！

太阳像一只金色的气球渐渐从水面下浮上来，河滩上明亮起来了。

黄河的南岸停靠着一条废旧的老船。由于长时间的风吹日晒，老船底部倾斜地陷进了泥土里，船身早已变得斑斑驳驳。因路过的鸟常常停留在船头上歇脚，船身上渐渐覆盖了一层厚厚的鸟粪。从白藕有记忆时起，老船就在这里默默地沉睡着，再大的风浪都无法把它吵醒。

白藕曾问老白这条老船是哪儿来的。

老白指着不远处的一座浮桥，说："以前咱们黄河南北两岸的人通航只能靠这条船摆渡。后来，浮桥造好了，它也就被人们搁置起来了。这船哪，就像

人，老了也就要退休喽！"

"它真了不起。"白藕说。

"是哩，它为咱们河滩上的庄稼人做了一辈子善事，真了不起！"老白说。

白藕在老船陷进泥土的地方发现一簇指甲大小的绿色。仔细观察，这是一株刚从松软的泥土里钻出来的蒲公英幼芽儿。它被晨雾浸润得水灵灵的，着实让人心生怜爱。

一只小羊羔蹦蹦跳跳地跑过来，耷拉着脑袋想啃食幼芽儿，白藕朝着小羊羔的屁股轻轻拍了一巴掌。小羊羔受了委屈，咩咩叫着跑到母羊身旁。白藕不忍心让羊羔啃食这抹绿色，因为他觉得老船太孤独了，需要有个伙伴陪伴，这株蒲公英就是它的伙伴。

老白双手捧着收音机望着羊群啃食枯草——他肯定又在听豫剧了。老白除了喜欢观鸟，还喜欢听豫剧。他时不时就会咿咿呀呀地哼上几句，长期的耳濡目染，白藕也学会了一些经典豫剧唱段。像什么"辕

门外三声炮如同雷震，天波府里走出来我保国臣。头戴金冠压双鬓……"，像什么"有为王金殿上观看仔细，殿角下吓坏了王的驸马儿……"。

老白告诉白藕，他最喜欢唱花脸。他年少时，县豫剧团来黄河滩招收学徒，他收拾好了行李准备跟剧团去学戏。可是白藕的太奶奶对学戏有强烈的偏见，说学戏没出息，把他肩膀上的行李硬是抢了下来，坚决不让去。

"那时候，有一些人和你太奶奶一样，还是老思想，对学戏有偏见，现在可不一样喽。"老白说。

白藕开玩笑说："嘻，真可惜，不然咱们河滩上也许就出了一个豫剧名角呀。"

老白听了嘿嘿笑个没完。

这个季节，零零星星的草芽儿刚从地下钻出来，还没完全染绿河滩。上一茬枯草湿漉漉的，凌乱地紧贴着地面，如蓬乱的头发一般。

羊群渐渐分散开来，组成了不规则的形状，一簇簇，一片片，一条条，像流动云朵的倒影，像河面上的浮萍。老白说羊和人一样，不能老是关在家里，要让它们出来溜达溜达，透透气，散散心。爷爷爱他的那些羊胜过爱自己。羊是他的老朋友，是他的知心老伙计。老白每次外出放羊时都浩浩荡荡，气势十足。他高举着牧羊鞭，带领着羊群走在广袤的河滩上，宛如一位驰骋战场的将军，河滩人也因此送他绰号"羊将军"。

白藕想登高望远。他用力一跳，双手紧紧抓住船头的栏杆，双臂向上一擎，屁股一扭，便稳稳地坐在了老船的船头。他伸了个懒腰，悠闲自得地来回踢蹬着双脚，坐在船头看黄河水。黄河真是开阔呀，一眼望不到头。他常常想，如果沿着黄河一直向西走，会到哪里呢？沿着黄河一直向东走，又会到哪里呢？

上学期他和同桌黑铜坐在这条老船上聊天儿时，黑铜告诉过他："沿着黄河一直往西走，会到天上。沿着黄河一直往东走，会看到大海，黄河水就是流进了大海。"

白藕问："嘿，黑铜，你怎么知道？"

黑铜说："我在一本课外书上读过唐朝大诗人李白的《将进酒》，里面有一句'君不见黄河之水天上来，奔流到海不复回'，说的应该就是这个意思。"

白藕不相信黑铜的话，他觉得古诗就是古诗，又不见得诗人一定是在写实。

太阳沿着黄河的河面升起来了，蛋黄色的霞光像被捣碎了洒在河面上一般。微风吹过，河面上波光粼粼，微微荡漾着春的气息。黄河两岸的树林、芦苇荡和草地都被霞光罩上了耀眼的黄色。

他抬起头看飞跃黄河上空的鸟群。那些去年秋天飞来黄河滩越冬的候鸟似乎听到了春天的哨声和大草原的召唤，开始成群结队呼啦啦地回归遥远的西伯利亚和内蒙古。它们争先恐后，像在参加一场飞翔竞赛，谁都不甘落后。可是，白藕坐在老船上观望了半天，也没有看到爷爷所说的没见过的鸟儿。河的北岸，几位牧羊人赶着羊群沿着远处的堤坝走过，天空中不时传来噼里啪啦的皮鞭声，一定是又有顽皮的小羊羔因为贪吃掉了队。

往右边望去，那片红墙黑瓦的建筑是白藕读书的麻雀小学。很多次自习课上，白藕和黑铜悄悄溜出教室跑到河滩上看鸟儿。还有一年多就要从这里毕业了，那些和同学之间的趣事如电影一般齐刷刷浮现在了眼前，白藕心里不免涌出淡淡的伤感。

太阳转到头顶的斜上方时，爷爷关掉收音机，站起身，伸着懒腰说："白藕哇，快下来，羊吃饱了，咱们也要回家吃饭喽！"

老白挥舞着皮鞭示意白藕从老船上下来。

虽然已是三月，黄河滩上的风却夹着丝丝冷意。老白上了年纪，怕冷，裹着一件破旧的羊皮夹袄，戴一顶灰色的"火车头"棉帽。这种被河滩人称为"火车头"的棉帽看上去的确和火车头有几分相似。白藕也有一顶"火车头"，却不常戴，他觉得这种帽子老气沉闷。他更喜欢河滩这两年流行的针织毛线帽，蓝色的、白色的、红色的、灰色的，看上去新潮而洋气。爷爷却说，新款针织帽薄薄的一层，远不如"火车头"暖和哩。

"爷爷，来啦，来啦。"

白藕轻快地从老船上跳下来，跑到不远处的一条小水沟旁，蹲下来准备洗手。河水映照出了他俊俏的脸庞。他的下巴轮廓棱角分明，仿佛用刀刻出来似的，刚毅中带着几分柔和。麻雀台的人都说他的鼻子和父亲很像，简直是一个模子刻出来的，挺拔而肥大。但他对自己的鼻子很不满意，也许是和班上的同学给他起了个"大鼻子"绰号有关吧。

"爷爷，我没看见你说的鸟儿呀。"

"哎，这是要看缘分哩，鸟儿都怕人，咱们和羊群在这儿，那鸟儿不躲着咱们才怪呢。咱们下次再来，说不准就会遇到了呢。"老白说。

白藕饿得肚子咕咕作响，肚皮里面像装了一面牛皮小鼓。

"爷爷，你猜今天中午我娘做啥饭？"

"我猜呀，猪肉馅大包子、油盐锅盔，还有你最爱喝的西红柿鸡蛋汤。"

白藕听了使劲儿咽口水。

老白一挥鞭子，唱起了河滩民谣：

> 黄河滩，土壤肥，吃完肥肉吃锅盔。
>
> 黄河滩，麦苗青，一年四季好年景。

白藕也跟着爷爷唱，声音比爷爷的还要洪亮有力。"吃完肥肉吃锅盔"的美好画面突然浮现在他眼前。白藕不唱还好，一唱肚子更饿了。他和老白赶着羊群穿过一片片树林，一片片枯草地，一片片沼泽地，朝着他们生活的村庄麻雀台走去。弯弯曲曲的小路两旁堆着成捆儿的芦苇和玉米秆儿。黑铜的爷爷每周都会推着板车来这里收割芦苇，然后做成光滑、坚韧而又美观的凉席拿到镇上去售卖。黑铜的爷爷说，他在芦苇丛里遇到孵蛋的水鸟，都会绕过去，不去打扰它们。

枯黄的芦苇随着微风摇摆，芦苇丛荡起层层涟漪，仿佛有一条条小鱼突然探出水面。拐过一个弯，白藕看到远方的河边出现了一团耀眼的红色。再仔细看，那团红色不是静止的，而是像一团火在缓缓移动。白藕指着远处的红色喊道："爷爷，快看那边。"

老白顺着白藕所指的方向望去，那边的确有一团红色。老白仔细观察了一会儿，说："哦，那是一只鸟。"

听说那是一只鸟，白藕顿时来了兴趣，也睁大眼睛仔细察看——那确实是一只鸟。不过，这只鸟和以往见到的鸟不同——它是一只火红色的鸟。白藕心里开始怦怦乱跳。尽管在河滩上见到鸟是很正常的事，但无论是谁第一次见到火红色的鸟都会感到惊奇。

"红色的鸟，真好看。对了，爷爷，早晨你说带我来看没见过的鸟，说的是不是它？"

老白笑着摇摇头，说："白藕，爷爷给你说实话吧，我并没有发现什么没见过的鸟，如果不这样哄你，你现在还躺在床上呼呼大睡哩！"

白藕忽然明白过来，原来爷爷说带他来看鸟，只是为了让他不赖床而已。不过，现在果真看到了一只从没见过的鸟，心里也打消了责怪爷爷的念头。

"爷爷，这机会多难得呀！咱们走近一点儿，仔细看看它吧！白藕扯着老白的衣角说。

老白说："行，但咱们不能莽撞。鸟最怕人，咱们不能打扰它，再说咱们一靠近，它就飞走了。"

老白把领头的羊拴在一棵柳树上，羊群都围着柳树聚在了一起。老白说："你们都在这里等着，不要乱跑。"

羊群很听话，都低下头啃食起地上的茅草来。

旁边有一堆晾晒的芦苇。老白让白藕抱起一捆，自己也抱起一捆。

白藕疑惑地问："爷爷，抱芦苇干啥？"

"咱们要隐蔽起来，这样不容易被那鸟发现。"

老白让白藕跟着自己往鸟的方向走，并且嘱咐白藕千万不要大声说话，走路尽量轻一点儿。白藕点点头。白藕和爷爷各用一大捆芦苇挡住身体，并肩往前移动。随着离鸟越来越近，白藕心里变得紧张起来。他极力屏住呼吸，生怕惊扰到那只鸟。

距离那只红色的鸟二十多米远时，老白停住了脚步。白藕看到爷爷停下来也赶紧收住脚步。他们从芦苇捆后面探出头观察。这果然是一只与众不同的鸟：一双细长的腿，长而弯曲的脖颈，嘴巴弯曲如靴子一般。它那身火红色的羽毛，看上去就像一团熊熊燃烧的火焰。

"爷爷，这是什么鸟？"白藕轻声轻语地问。

"你别说，这种鸟我还真没见过。这只鸟可不是咱们黄河滩的常客呀！"

爷孙俩观察着鸟的一举一动。那只鸟把弯曲的嘴伸进河水里，专注于寻找小鱼小虾，完全没有发现躲在芦苇后面的白藕和爷爷。

"既然不知道它叫什么，那咱们就给它取个名字吧。"白藕停顿了一会儿，说，"你看它红得像火一样，我们就叫它'阿火'吧！"

"阿火，阿火。"老白仔细揣摩着白藕的话，"好，那就叫它阿火。"

正当两人兴致勃勃地观察阿火时，忽然，右边有人赶着浩浩荡荡的羊群走了过来。白藕看到缓缓走来的牧羊人和羊群，十分着急——他怕越来越近的牧羊人和羊群惊扰那只鸟。白藕向牧羊人挥手，示意他不要走过来。可是，对方根本没有看到白藕和爷爷。正当白藕不知如何是好时，远方突然传来一声鞭炮似的牧羊鞭声。鞭声惊扰了阿火，它身体抖动了一下，随即拍打着翅膀飞向了远方。白藕气得直跺脚。牧羊人走近了，白藕发现牧羊人是同班同学马槐的哥哥清河。白藕心里窝着一团火，对清河十分不满。清河早不出现晚不出现，偏偏在这个时候出现，真是太让人生气了。

　　白藕恋恋不舍地跟着爷爷往回走。回家的路上，他心里一直在琢磨，阿火到底是一只什么鸟呢？它又为什么会出现在黄河滩呢？白从邂逅那只鸟后，白藕心里每天都像有一团烈火在熊熊燃烧。

第二章

一只地鸨

第二章

一只地鹋

　　那个星期三的下午，语文老师邓元胳膊下夹着语文课本走上讲台。他拿起粉笔在黑板上写了"鸟的天堂"四个字。同学们都呼啦啦把课本翻到巴金先生的《鸟的天堂》这一页。

　　邓元说："同学们，今天我们学习《鸟的天堂》这篇课文。咱们黄河滩的鸟儿也很多，也可以称为'鸟的天堂'。鸟儿分为留鸟和候鸟。你们谁能告诉我，咱们黄河滩上有哪些留鸟？"

白藕举手说："老师，我知道。我们河滩上常见的留鸟有麻雀、喜鹊、野鸭、布谷鸟、燕子、啄木鸟、翠鸟……我爷爷说过，留鸟和庄户人家一样是河滩上的主人，候鸟就是远道而来的客人。"

"白藕同学回答得非常好。请坐下。谁知道，河滩上有哪些候鸟？"

坐在白藕后面的马槐举手说："老师，我知道。比如地鹬、大雁、白鹳、天鹅、白鹭、灰鹤、小天鹅、中华秋沙鸭……"

"马槐同学回答得也很好。"

邓元告诉大家，留鸟自古以来就在此安家落户，河滩的老人们都说不上来它们在这里的生活历史。候鸟则是黄河滩的"客人"，十一月开始，它们从西伯利亚和内蒙古出发，一路上穿越山川河流，穿越森林湖泊，辗转千里陆陆续续来到黄河滩。

它们在河滩的上空盘旋着，俯视着大地上的一切。候鸟们一来，河滩也渐渐热闹了起来。

"你们知道吗，咱们河滩上有一种非常珍稀的鸟类，它是——"

"地鵏！"同学们齐声回答。

"对，地鵏。它是我们国家一级保护野生动物。"

从小在黄河滩长大的孩子们普通话不标准。

于是，邓元在黑板上写了"地鵏"两个字，并给这两个字注了音。

"同学们，'地鵏'，后边这个字读bǔ，上声。"

邓元说，地鵏第一次在黄河滩出现是二十多年前。

麻雀台的男女老少都知道老白是麻雀台第一个见到地鵏的人。二十多年前，老白偶然发现并救助地鵏的事迹轰动了黄河滩，他也因此登上了省报。许多年过去了，老白一直把那张报纸当宝贝一样收藏着。

白藕见过那张颜色早已发黄的旧报纸，报纸上刊登着老白和地鵏的黑白合照，照片下方是一大段描述他如何发现地鵏，如何救助地鵏的文字。

"看到没，我抱着的这只地鵏就是我救下来的。"老白指着报纸上的插图说。

"爷爷，那时候你好年轻啊。"白藕感叹道。

"可不是嘛，事情已经过去二十多年了呀，唉，现在想想，就跟发生在眼前一样。"

老白为第一个发现地鵏而自豪，他常常给白藕讲自己发现地鵏的故事，白藕也为爷爷感到骄傲，他也常常把爷爷讲给自己的故事讲给同学们听。

二十多年前的一天下午，老白的一只羊突然冲进一片广袤的芦苇荡里不见了。他怕羊走丢，便赶紧追赶。一望无际的芦苇荡里除了芦苇还是芦苇，却看不到羊的影子。老白急得团团转。这一片都是沼泽地，它千万别掉进沼泽呀。

就在老白急得焦头烂额时，身后芦苇荡里传来一阵"沙沙"声。他转身看到了一只大鸟。大鸟长相非常奇特：它体长有一米左右，肥硕的身躯看上去像极了小型的鸵鸟。它的淡棕色的羽毛密布黑色斑纹，如同老虎身上的花纹。更加令人称奇的是它的下颌两侧长着飘飘然白色羽簇，像山羊的胡须。

老白从小在河滩上长大，看遍了河滩的鸟类，却从没见过这种鸟。这是什么"怪物"？它会不会啄人呢？其实，老白并不惧怕眼前的怪鸟。别说是只鸟，就算是只饿狼他都不会怕。那时候，老白一顿能吃四个馒头再加两碗玉米稀饭。由于吃得多，自然身体健壮，力大无比。有人亲眼见识过老白一气之下举起一只追赶羊群的凶猛猎狗。

大鸟的身体突然颤抖起来，仿佛是站立在一块浮动的冰面上一样，摇摇晃晃。还没等老白反应过来，大鸟突然跌倒在地。老白赶紧走上去查看大鸟。大鸟的嘴角处有白色的泡沫和残留的食物。直觉告诉老白，它是吃腐烂食物中了毒。

老白赶紧把那只受伤的大鸟带回了家，让白藕的奶奶立马煮了绿豆水灌进大鸟肚子里解毒。大鸟喝下

绿豆汤后，开始渐渐好转，再过一会儿可以站立，再后来竟然能畅快地走路了。

老白救了一只大鸟的消息迅速传遍了整个黄河滩。大家都扔下手里的庄稼活儿、家务活儿，纷纷赶来看稀奇。那时候，河滩上还没有人看到过这种长相奇特的大鸟，都好奇地围着它议论纷纷。

村尾的许木匠问："老白，你告诉我们这是啥鸟哇？"

老白说："我也是第一次发现，不知道它是啥鸟。"

剃头匠二江嚷嚷道："看哪，看哪，它和麻雀、喜鹊、鸳鸯、白鹤、灰鹤、大雁这些鸟都不同，还真没见过这种鸟。稀奇，真是稀奇。"

隔壁村的罗铁匠说："你们看到它的鸟喙没？咬起人来比豺狼虎豹还厉害也说不准哩。"

面对陌生的怪鸟，大家都畏畏缩缩，时刻保持着警惕。

老白却不以为然地说道："我觉得这鸟温顺、善良，就像我养的羊一样。"

河滩人尚不知道它的名字，不得不用"怪鸟"两个字来称呼它。它对这个名字似乎很无所谓，从始至终都是一副淡定从容的模样。

这时，围观的人群中有一位穿旧羊皮袄的老头儿突然站出来，他严肃且认真地对大家说："哎呀，这只大鸟我见过呀。"

说话的是陈七爷。

大家都惊讶地问他在哪里见过。

陈七爷说："我家以前修缮老房子时，在墙里发现过一块青色砖雕，那砖雕上雕的就是这种鸟儿。"

大家问他砖雕在哪里，空口无凭，把它拿来大家才会相信。陈七爷说砖雕被他儿子放在灶台上当成了灶门砖。大家都半信半疑地摇头，说陈七爷胡说八道。陈七爷倔脾气，还患有严重的肺结核，他咳嗽一嗓子仿佛整个村庄都在颤抖。他看到大家不信他的话便咳嗽着跑回家，拿来了砖雕。由于常年的烘烤，原本青色的砖块变成了漆黑色。

大家都研究起那块漆黑的砖雕来。砖块仿佛还散发着早晨煮玉米稀饭留下来的余温，甚至还有各种蔬菜和五谷杂粮的气味。砖块上的花纹依然清晰可见，青砖上的确雕有一只鸟，仔细看，那鸟的特征和老白发现的这只鸟一模一样。

人们都纷纷敬畏起这只大鸟来，也敬畏起陈七爷来。这样看来，很多年前河滩人就见过这种鸟。那时候，它们也许一直河滩人和睦地朝夕相处。

麻雀台出现一只怪鸟的消息传到了河滩外，又传到了县里。一位带相机的记者来到了黄河滩，他给大鸟拍摄了大量照片。

几天后，记者带来了省城大学的生物学教授。教授翻阅了很多资料，他说这种奇怪的大鸟叫地鵏，学名叫大鸨。它是源于恐龙时期的一个古老物种，是世界上最重的飞行鸟类之一。这种鸟非常少，在全世界都属于珍稀鸟类的一种。

有人问："它比大熊猫还珍贵吗？"

教授说："地球上数量非常稀少，它被人们称为'鸟中大熊猫'之一，你们说珍贵不珍贵？"

"珍贵，珍贵。"老白连连赞叹。

"那它怎么突然出现在黄河滩了呢？"许木匠问。

教授说："它的家原本在大草原，天气渐渐冷了，河滩相对来说比较暖和，它和别的候鸟一样，是来这里过冬的。"

大家听后都惊讶地张大了嘴巴。

听教授这么一说，老白感慨地说："这么珍贵的鸟到我们河滩来，说明咱们这儿是风水宝地，有福气哩。"

教授还说："地鵏在很多年前曾是中华大地的常见鸟类，喜欢群体生活。它们的学名'大鸨'中的'鸨'字有一个有趣的说法，它们总是七十只组成一个群体，因此，人们在描述它们时就在鸟的左边加上

'七十'，就有了'鹎'字。"

"这么说，咱们河滩上应该不止这一只地鹎，只是这只地鹎落了单。"老白猜测道。

教授说："按常理来说，河滩上还会有很多只地鹎。"

听了教授的话，第二天老白就带着干粮去河滩上寻找地鹎的族群，以佐证教授的推测。他蹚过一片片沼泽地，穿越一片片树林，跨过一条条小河。几天后，老白果然在一片麦田里发现了地鹎族群。为了不打扰地鹎群，他躲在大树后面远远地观看。

"它们就是地鹎，和家里养伤的那只一模一样。"老白自言自语。找到了地鹎族群，老白高兴得像个孩子。

老白细心地照顾着受伤的地鹎，像照顾刚出生的婴儿一样。

老白家的院子里每天都熙熙攘攘。那时候，麻雀小学的范水河还未当校长，是一名五年级的语文老师。他带着麻雀小学的孩子们来老白家的院子里看地鹬。地鹬恢复得很好，完全看不出生过一场大病。

"它以后会一直住在这里吗？"有孩子问。

"它的伤快好了，快要飞走喽。"老白回答说。

地鹬养好了伤回归大自然的那天，麻雀台的庄稼人都放下手里的活计为它送行。

麻雀小学的孩子们也来了。大家把地鹬团团围住，都想再看它最后一眼。

地鹬站在老船上，对着老白张开了美丽的翅膀。村里人都说它是在感谢老白的救命之恩。老白的心情无比复杂，他对地鹬的即将离开充满了不舍，却又为它能够重新飞翔感到开心。

老白微笑着向地鹬挥了挥手，地鹬似乎看懂了老白的意思，拍打着翅膀飞向了远处。它渐渐地变成了一个黑点，黑点越来越小，直到远方只剩下一片瓦蓝的天空。

麻雀台的孩子们对着地鹬大声呼喊："地鹬，再

见！地鹬，再见！"

孩子们问老白："地鹬去了哪里？"

"人家教授说，它去了大草原哩。"老白说。

"它还会回到咱们黄河滩吗？"

"回来，回来，肯定会回来呀。明年秋天它就会回来啦。"

许多年以后，老白对那只地鹬仍旧念念不忘。茶余饭后，每当有人问起有关地鹬的那些故事，老白便从衣箱里取出那份折叠得整整齐齐的报纸，认真讲述起事情的来龙去脉。

老白发现地鹬后的几年里，来黄河滩越冬的地鹬越来越少，甚至有一年没有发现地鹬的踪迹。老白难过不已。后来，当他在河滩上发现了大量捕鸟的鸟网后，明白了一切。老白责怪河滩人不懂得珍惜。为了拯救并挽留这些尊贵的客人，从那以后，老白在放羊的时候尽最大努力保护它们。

也就是从这时候开始，老白彻底与鸟结缘了。他在河滩上牧羊时，遇到落难的鸟都会带到家里疗伤。很多考察队在过来考察时，都会给老白带来很多鸟类的画册，甚至还有鸟类救助手册。靠着自学鸟类救助知识，老白渐渐成了半个鸟类专家，他被鸟类爱好者们称为"活字典"。很多人不认识的鸟，老白总能叫出它们的名字，甚至对它们的生活习性了如指掌。可是，地球上鸟的品种太多，老白也有不认识的鸟。后来，河滩上但凡有人捡到了需要救助的鸟，都会送到老白的家里。老白家的院子里越来越热闹，像一个小型动物园。白藕的奶奶很支持老白。她说老白是个善良的人，她当年看上的就是老白这一点。候鸟保护站落成之后，老白的院子才变得有些空荡。一有空儿，老白就去站里逛一逛。

第三章

护鸟天使

第三章

护鸟天使

　　黄河滩的秋天悄无声息地到来了，河滩上的绿装像变色龙一样渐渐变换了颜色。

　　这年九月，白藕也从五年级迈入了六年级。

　　他的生活轨迹仿佛没有任何变化，依然是早晨七点半起床，匆匆吃一碗红薯玉米稀饭，叫上黑铜、赵小兵、赵来生、芦大苇几个伙伴去上学。上学路上先绕个弯儿去河滩上的芦苇荡看一会儿鸟群，然后沿着黄河的堤坝一直走到学校。如果放学早的话，也要先去看鸟群，然后再回家做作业。

那天放学经过一片芦苇荡时，白藕和大家又谈论起春天和爷爷一起看到的那只火红色的鸟来。大家被白藕说得心里痒痒的，迫不及待地想看到他口中的那只鸟。

"都怪马槐的哥哥清河，要不是他把那只鸟吓跑，说不定它会天天去那儿呢。"白藕仍对清河的牧羊鞭声耿耿于怀。

有时候，他们也会去白藕家的鱼塘看鱼鹰捕鱼。白藕的父亲和村里人在黄河边挖了一大片鱼塘，专门养殖黄河大鲤鱼。前些年，由于生意不错，附近几个村庄来投资鱼塘的人越来越多，一个连着一个。可是，白藕听镇上的人说，过不多久，鱼塘要被重新填平种树。

白藕对填平鱼塘的事很好奇，问父亲镇上为什么要求填平鱼塘。

父亲说："这是恢复生态平衡。"

"啥是恢复生态平衡？"白藕问。

对于白藕的这个问题，父亲也说不出个所以然来。于是，上课的时候白藕又问老师。

老师说："恢复生态平衡，通俗点儿讲，黄河边本来就不该挖鱼塘，尤其是不该挖那么多鱼塘，这对黄河滩的生态是一种巨大的伤害。"

这学期与以往不同的是，白藕原来的班主任邓元老师考上了山东师范大学的研究生，去了省城读书。班上从河滩外来了一位支教的新班主任兼语文老师，叫杨保顺。范校长说："杨老师是北京名牌大学毕业的高才生，学识渊博，教学理念超前，大家一定要跟着他好好学，说不定以后你们个个都能考上理想中的大学。"

杨老师个子瘦高，高挺的鼻梁上架着一副黑框眼镜。他并不像麻雀小学之前的邓元老师那样，常年穿白衬衫、黑西装和黑皮鞋，而是穿淡蓝色的牛仔裤、宽松卫衣和运动鞋，显得时尚而新潮。他那漆黑而浓厚的头发，平时自然地垂在眉毛上方，在正式场合会学着范校长的样子向后梳成背头。他还喜欢打篮球，他宿舍的床头贴着好几张篮球明星的照片。有同学在操场上看到过他运球后如行云流水般的上篮动作，也有同学看到过他抬起胳膊轻轻松松地投进过三分球。

杨老师喜欢旅游和历史。他刚到麻雀小学那几天去麻雀台家访。因为杨老师初来乍到，对黄河滩地形不熟，老白和白藕很早就在村口迎接了。杨老师走到村口，被刻有"麻雀台"三个字的石牌坊吸引了。老白告诉杨老师，这三个字是村里"陈七爷"写的。陈七爷年轻时教过书，自幼写得一手好字。

"这个牌坊是什么时候建造的？"杨老师问。

老白说："这座牌坊有二十多年了。很久之前这里有一个老牌坊，可惜后来黄河决口，被冲走埋在了地下。可惜呀，那个老牌坊是祖先从河滩外请著名石匠做的，雕的花纹那才叫漂亮呢！"

"您经历过黄河发大水吗？"杨老师又问。

"咋没经历过？那时候我才十多岁。记得，一天早上，我刚起床，黄河水就冲进了院子。由于黄河河床高，泥沙淤积严重，一发洪水黄河就容易改道。改道后，有些村子以前在河的东岸，后来就变到西岸去了。'十年河东，十年河西'这句话就是这么来的。"

"老牌坊上面刻的是啥花纹哪？"杨老师又追问道。

"龙凤虎豹，还有咱河滩上的各种鸟雀呢。"

杨老师一边频频点头，一边啧啧称赞。

站在一旁的白藕脑海里也想象着那座雕梁画栋的老牌坊，仿佛它就矗立在自己面前似的。爷爷说那牌坊上鸟雀成群，肯定少不了他喜欢的灰鹤、白鹭、大雁、地鹬这些鸟。那座被大水冲掉的老牌坊真是太可惜了，要不然立在村口多气派呀！

老白又说："以前，黄河决口冲掉的不只那座老牌坊，还有麻雀台的房屋、庄稼、牛车、树木、水缸、衣柜、桌椅、院墙、锅碗瓢盆和牲畜圈。后来，为了躲避洪水，麻雀台的人只能把房屋建在高高的土台上。"

"爷爷，我还没见过黄河发大水呢。"

"你肯定见不到啦，现在光景和以前不同啦。生活条件好啦，听候鸟保护站的周站长说，现在黄河治理得好啦，黄河两岸的树多啦，草也多啦。树一多，草一多，发大水的可能性就小喽！"

杨老师又问："这个村为啥叫麻雀台呀？"

"麻雀台，麻雀台，那是因为俺们村庄里麻雀多呀！"

白藕觉得爷爷说得有点儿道理，村庄的麻雀确实很多，一年四季都被叽叽喳喳的麻雀声笼罩着。但在他看来，村庄叫麻雀台还有一个原因——村庄小得像麻雀一样。麻雀台有多小？它仅有一条街，十二条巷子，五十一户人家，二百多口人。

老白说："麻雀台虽小却历史悠久。多年前的一个秋天，村里人在院子里打水井时挖出过一副鱼叉、一只陶罐、一架木犁和一块刻有家谱的石碑。"

"在村里挖出这些古董说明了啥？说明咱们祖先很多年前就在这里讨生活了呀。"老白的语气里带着几分自豪，"你们知道吗，五年前，我在黄河边放羊时还捡到过一块巴掌大的陶片。祖上人以前都说黄河下面埋着一个古城，叫'陶丘'……"

杨老师一听古城，顿时来了兴趣，插话道："我在史书上看到过关于陶丘古城的记载。这'陶丘'是尧帝的城，因尧帝带领子民烧制陶器，堆积成丘而得名啊。"

杨老师在大学期间的暑假和同学去了黄河上游很多地方旅游。在白藕看来，既然去过黄河上游旅游，那一定知道这条弯弯曲曲的黄河来自哪里。它是不是像大诗人李白说的那样来自天上呢？

杨老师告诉白藕："别看咱们这儿的黄河那么宽

阔，其实黄河的源头是一个只有碗口大小的泉眼。"

"碗口那么大，流到咱们这儿怎么会有那么多水呢？"白藕听了惊讶得不行。那么大的一条河，源头只有碗口那么大，太不可思议了。

杨老师说："这你就不知道其中的奥秘了吧。黄河从青海省出发，到咱们鲁西南一共流经九个省份，每经过一个地方，都会汇集沿途河流的水，然后沿着黄河奔流直下。"

"哦，原来是这样啊。"

"我喜欢黄河文化和黄河滩的风土人情。沿着黄河旅游时，我听过地道的秦腔，坐过羊皮筏子，也听过豫剧，吃过水煎包，看过鲁西南皮影戏和杂技……"

杨老师注重学生们的社会实践活动。作文课上，他经常带着班上的学生去郊游、去考察、去看鸟。范校长也支持这样做。

杨老师告诉大家："作文怎样才能写好，首先是

要善于观察。其次，还要多吸收新鲜的课外知识。"

刚到麻雀小学时，杨老师常常坐在电脑前上网、查资料、备课——他总想给麻雀小学的孩子们带来一些新鲜的知识。大家问杨老师大学生活是什么样的。他就打开自己电脑里的照片让大家看。

杨老师的第一堂课就被一只闯进教室的鸟闹得鸡犬不宁。事情是这样的：上课铃响后，杨老师走上讲台，给大家深深鞠了一躬，然后做自我介绍。他正谈自己的兴趣爱好时，一个黑影突然从窗户外面闯了进来。大家的目光都追随着那个横冲直撞的黑影。

原来是一只鸟。

鸟一会儿从教室的西南角飞向东北角，一会儿又从西北角飞向东南角。

"快，快，快把另外几扇窗户打开，让它从窗户里飞出去。"从突发事件中反应过来的杨老师语气里带着几分焦急。

同学们都哗啦啦地打开窗户。

可那鸟像是故意来捣乱一样，偏偏不从窗户飞出去，如直升机模型似的一直在教室里盘旋。它扑棱着翅膀飞累了，停靠在马槐头顶上方的风扇上，望着讲台上的杨老师。

大家都仰着头看头顶的鸟。它一动，风扇上的灰尘纷纷扬扬落下来。大家都把课本顶在头上，遮挡灰尘。

鸟突然抖动了一下身体，一坨黏糊糊的东西落在了赵来生的课本上。赵来生大叫起来："鸟粪！"

他本能地拿起课本，准备甩掉鸟粪，不料鸟粪又落在了马槐的肩膀上。班里乱成了一锅粥。同学们连忙拿着纸帮马槐和赵来生擦掉书上和肩上的鸟粪，两人又去了水房冲洗了一下后，回到了教室。

杨老师看时间差不多了，再折腾下去，还上不上课了。于是，他让大家安静下来，开始讲课。

"好，同学们，今天我们学习第一课《草原》。"

"啾啾……"鸟叫了一声。

大家跟着我朗读一遍。

"啾啾……"鸟又叫了一声。

接下来，杨老师每讲一句话，风扇上的鸟就叫一声。强烈的节奏感，引得同学们哄堂大笑。

班长芦大苇拿起笤帚准备把鸟驱赶出教室。杨老师赶紧制止说："千万不要伤害它，让它在风扇上面待着，等咱们下课了，它总会走了吧。"

杨老师毕竟是刚走出校门的大学生，很容易和学生们打成一片。那天，他带着同学们去堤坝上游玩。天气很好，大家一起坐在堤坝上晒太阳。暖洋洋的阳光洒在脸上，不由得让人变得慵懒。

六年级是小学生活最后一年。杨老师和大家讨论与理想有关的话题。

杨老师问黑铜："黑铜，你长大了想做什么？"

"我想当火车司机。"黑铜脱口而出。

"为什么要当火车司机？"

去年夏天，黑铜跟母亲坐火车去省城看望姑姑，第一次坐火车给他留下了极其深刻的印象。火车咣当咣当一刻不停地前行。他怎么也想不到这个像巨龙一样的火车会有那么强大的动力，还会一直沿着同一个方向往前飞驰。母亲告诉黑铜："火车司机在最前面掌握着方向，火车才会沿着铁轨往前飞跑。"

黑铜觉得火车司机真的很了不起。什么时候自己也能成为一名火车司机，哪怕是开上一天也会心满意足。

杨老师问："你们有没有坐过高铁？"

黑铜摇摇头说没有。

芦大苇说："老师，我坐过高铁。"

大家都把目光投向芦大苇。班长就是班长，他竟然还坐过高铁，真是了不得。

看大家似乎不太相信，芦大苇便解释说："去年暑假，我跟着舅舅去青岛看我爸妈时坐过。高铁速度真的很快呀。"

"有多快？"黑铜问。

"这样说吧，窗外的树木，根本来不及看清，嗖

地一下就过去了。"芦大苇双手比画着说。

芦大苇的父亲和母亲在青岛闹市区经营早餐店。他们每天起早贪黑做油条、煎饼和油盐锅盔，生意好得不得了。他们没想到，这些黄河滩庄户人家的家常饭竟然这么受城里人喜欢。

"我以后还想当高铁驾驶员。"黑铜说。

大家都哈哈大笑。

杨老师又问白藕："白藕，你长大了想做什么？"

"他想变成一只鸟，在空中飞呀飞呀，飞到很高很远的地方……"一旁的赵来生张开双臂，模仿着鸟飞翔的姿势。

白藕认真地说："爷爷跟我说过候鸟保护站周站长的故事，说实话吧，我想成为他那样的人，可以天天和鸟在一起，多好哇。"

白藕很小的时候就喜欢鸟。他为何那么喜欢鸟呢？主要是受老白的影响。周末和寒暑假，老白去河滩上放羊时都会带上白藕。

他们坐在杨树下望着羊群吃草，有鸟从老树的枝头飞下来，一蹦一跳地来到白藕的身边。那些鸟并没有因惧怕而飞走。白藕欣喜不已，便从爷爷的挎包里掏出馒头掰碎喂它们吃。一来二去，那些鸟渐渐变得不再胆怯。它们飞向枝头唱各种美妙动听的歌儿给白藕听，白藕听得如痴如醉。

鸟儿们陪伴白藕度过了一个又一个快乐的日子。鸟儿的陪伴，让白藕对它们产生起了极其深厚的感情。在报刊上，只要看到鸟的图片他都会剪切下来粘贴到一本厚厚的摘抄本上。看到和鸟有关的画报，他都会搜集起来。后来，他的卧室里贴满了和鸟有关的画报。

白藕的书包整天鼓鼓囊囊的，里面除了课本，还塞满了玉米和小麦之类的粮食。白藕每天从家里出来时都会从自家的粮仓里抓几大把玉米粒或麦粒，撒在树林里鸟喜欢活动的地方。后来，白藕的母亲发现家里的粮食越来越少，以为家里有老鼠打洞。可她找了半天连一根老鼠毛都没发现。

　　白藕是个诚实的孩子，当他得知母亲在寻找粮食渐少的原因时，便立马告诉母亲自己把粮食喂了鸟。一开始母亲很生气。后来，老白帮白藕说情："喂就喂吧，咱们饿不着，也不能让鸟儿们饿着哩！"

　　老白夸赞白藕是个好孩子，像自己一样善良。老白说："我在咱河滩上又发现了一种以前从没见过的鸟，走，我带你去看看。"

　　听到爷爷带他去看鸟，白藕开心得不行。

　　鸟怕人，人一靠近，鸟受到惊吓便扑棱着翅膀飞走了。因此，白藕的梦想是拥有一架望远镜，这样就可以毫无顾虑地观察鸟了。

　　白藕和黑铜说完自己的理想，话题自然而然地转移到了赵来生身上。

　　"赵来生，你以后想当什么？"杨老师问。

　　"这个问题我还没想过……"

　　"嘎——嘎——嘎——"赵来生话音刚落，天空

中突然传来一阵鸟鸣。

"快看，鸟群！鸟群！"白藕喊了一句。

大家都一个激灵站起来，抬着头睁大眼睛仔细观看天空的鸟群。杨老师第一次见到这种场景。呀，一群大雁正从天空中掠过，它们在湛蓝的天空下齐刷刷地扇动着翅膀，整齐划一地排着队向前飞行。他们大声呼喊，朝着雁群挥手，眼睛一眨不眨地跟着大雁队伍移动，直到它们渐渐消失在远方。

黄河滩的孩子们都知道，黄河滩又迎来了一年中最热闹的季节——西伯利亚和内蒙古一带的候鸟们来越冬了。在麻雀小学的孩子们看来，这种黄河滩的独特景观，是鸟儿们在黄河滩举办的年度"盛会"。

几天后，白藕和同学们在河滩的老船里看到五颗墨绿色的鸟蛋。鸟蛋和鸽子蛋大小差不多，像五颗墨绿色的宝石。他们并不认识是什么鸟的蛋，却围着鸟蛋看得津津有味。有人要拿起来看，白藕连忙阻止说："谁都不要动，里面有可爱的小鸟，它们正隔着蛋壳看我们也说不准哩。"

黑铜说："放这里也不是办法，万一被黄鼠狼和老鼠吃掉了怎么办？"

芦大苇说："咱们用砖块给它们垒个窝吧，这样它们就安全了。"

赵小兵说："不如咱们用旧棉絮给它们做一个软和舒适的小床吧，这样小鸟孵化出来后睡觉才舒服呢。"

赵来生说："我觉得咱们可以轮班守着它们哪。"

黑铜反驳道："来生，你说得倒轻巧，那咱们上学咋办？老师还不跳起来？"

白藕说："你们都别争了，我听爷爷说过，鸟下了蛋，一定不要去动它们，不要去打扰它们。"

于是大家一起拉钩，约定谁都不能去打扰它们。一天下午，大家去老船旁观察鸟蛋的动静。当他们穿过树林和芦苇荡，远远看到老船的影子时，黑铜突然叫了起来："快看哪，老船旁边蹲着一个人。"

大家仔细看，果然看到有个人蹲在鸟蛋旁。

"那个人不会是来偷小鸟的吧？"黑铜说。

大家飞奔过去，走近一看，那个蹲着的人不是别人，是老白。

爷爷在这里做什么呢？白藕疑惑不已。老白看到几个孩子跑过来，缓缓站起身，说："如果我没猜错的话，你们是来看鸟蛋的吧？你们来晚啦，它们变成小鸟飞走喽。"

大家看到草堆里那堆破碎的蛋壳，什么都明白了——那些破壳而出的鸟儿跟着鸟妈妈已经开始了新生活。

原来老白也发现了那五颗鸟蛋，他放羊时经常远远地保护着它们。

大家坐在地上听老白讲和鸟有关的故事。

老白说："咱们黄河滩上很早以前就经常有人偷鸟。现在，这种事情还时不时地发生。"

"爷爷，你见过偷鸟的人吗？"芦大苇问。

"见过，咋没见过？有人用鸟网、捕猎夹，有人用猎狗，还有人撒毒饵……嘻，鸟儿可怜哪。"

黑铜说："有一次我和我爷爷在芦苇荡割芦苇时，就见到过猎狗的足迹和七零八落的羽毛。"

他把羽毛捡起来拿在手里观察，羽毛的纹理是那么漂亮。他仿佛听到了鸟儿们的凄惨叫声。

"鸟通人性呢，你喜欢它们，它们也会喜欢你呀。你讨厌它们，它们自然也不会靠近你。"老白说。

半个月后发生的一件事，让河滩上的孩子们和鸟儿们产生了更加密切的联系。

一天下午，麻雀小学组织去河滩上秋游。孩子们在一望无垠的河滩上跑哇跳哇，开心得无法形容。孩子们玩儿累了，就把从家里带来的毛毯和桌布铺在一棵白杨树下的草地上，躺下来休息。

突然，"砰"的一声，一个庞然大物落在了白藕面前。

眼前的一幕把白藕吓得目瞪口呆——一只大雁静静地躺在地上，两片发黄的白杨树叶夹在它受伤的翅膀上。翅膀有血迹，似乎是受了重伤。白藕抬头判断，大雁从天空中落下来时砸在了树枝上，然后又落在了草地上。正当大家不知所措时，大雁缓缓睁开眼睛挣扎了一下。

"是一只大雁。它受伤了！它受伤了！"白藕大叫起来。

白藕觉得，幸亏有这棵白杨树缓冲了一下，不然后果不堪设想。

大家议论纷纷，猜测这只大雁的来路，又是怎么受了伤。这时候，马槐钻进来蹲下仔细察看了一会儿，大胆猜测说："我猜测，这只大雁觅食时被猎狗追咬，它的翅膀和腿被猎狗咬伤，侥幸拼命逃过一劫，挣扎着飞了起来，后来疼痛难忍掉落下来，刚好被这棵白杨树缓冲了一下。"

芦大苇问："马槐，你怎么知道是被猎狗咬的？"

"我听清河哥哥说的，再说，我在电视上也见过。"马槐说。

有人从口袋里掏出随身携带的干粮让大雁吃。大雁似乎对干粮一点儿兴趣也没有。过了一会儿，它仰起脖子望了望围观的孩子们。

这时候，有人叫来了杨老师。从小在河滩外生活的杨老师也是第一次遇见这种情况。

大家议论纷纷，都不知道该怎么办。

"老师，我们把它带回学校养伤吧。"芦大苇说。

"我觉得应该把它带到家里去养伤。"赵来生说。

这时候，赶着羊群路过的老白看到很多人围在一起，便拐进来看个究竟。老白看明白后，心里一惊，对孩子们说："这只大雁可怜哩，按规矩要送到河滩候鸟保护站去哩。"

尽管大家很不舍，还是跟着杨老师和老白把大雁送到了河滩候鸟保护站。保护站建在河滩一片沼泽地上，是用铁皮和石棉瓦搭建的三间房子，为了使铁皮房和周围环境协调一致，铁皮房被涂成了墨绿色，远远看上去像从草地上长出来的小屋。

周站长看到大家抱着一只受伤的大雁进来，赶紧迎上来。周站长穿着一件深蓝色的冲锋衣，个头儿不高，身材精瘦。这里说是保护站，其实只有周站长和另一个年轻人常驻。

周站长赶紧接过大雁查看伤情。

"它怎么样？严重吗？"杨老师急切地问。

周站长说："还好你们送来的及时，要不然……"

周站长旁边的桌子上摆满了瓶瓶罐罐和药箱。他告诉大家，这都是给鸟儿治病疗伤的药物和器械。白藕这才知道以前爷爷口中常常提到的周站长不仅是河滩候鸟保护站的站长，还是一位鸟类医生。

保护站最东边房间的旁边是一个栅栏围成的小院子。里面的大笼子里关着三只因受伤或者受困解救来的鸟。白藕仔细看了看，是豆雁、白鹭和野鸭。周站长说平时他和那位年轻人小苏负责照顾这些鸟，等到它们康复之后就放回大自然。

白藕问周站长："周叔叔，它们都是怎么受的伤？"

"豆雁食物中毒，白鹭右翅膀受了伤，野鸭左脚受了伤。"周站长说，"照顾它们比照顾自家的孩子还要细心耐心。"

小苏掏出手机，打开几张照片，说："这只黑尾鸥是去年冬天我们在黄河边的芦苇荡里救助的，它的喙被铁丝网弄伤了，不能吃东西，我们只能把食物研磨成粉状，用汤勺慢慢灌进去。"

白藕还没从大雁受伤的事件中缓过来，脑子里一直浮现大雁受伤的画面。他觉得应该让河滩上的人提高爱鸟护鸟意识，只有这样，鸟儿们才能在河滩快乐地生活，才会有越来越多的鸟来河滩安家落户。

保护站的房间墙壁上贴着一张护鸟宣传画报。画报的上方印着十个大字——做护鸟天使，守美丽生态。画报的下方印着一群张开双臂，仰望蓝天的小小天使。蓝天下有几只小鸟在飞翔。

白藕和几个孩子的目光被海报吸引了。周队长看到孩子们盯着海报，便解释说："这是县林业部门发的宣传海报，本来拿来了十几张，大部分都送给附近的村民了。你们看，这画报上面的孩子们是护鸟小志愿者，这是他们在一片湿地开展活动后的留影。"

白藕指着画报上的志愿者，对黑铜和芦大苇说："他们可以做护鸟志愿者，我们是不是也可以呢？我们可以去村里宣传护鸟知识。"

芦大苇说："如果我们学校开展这个活动，我第一个报名。"

"你第一个，那我就第二个。"黑铜说。

赵小兵也不甘示弱地说："那我第三个报名。"

杨老师凑过来，说："嗯，你们积极性都那么高，我们麻雀小学是应该开展一次以爱鸟护鸟为主题的社会实践活动。让河滩的孩子们从小树立爱鸟护鸟意识。"

周站长说："咱们河滩上之所以盗猎成风，是因为人们的法律意识和护鸟意识淡薄，应该给他们普及法律知识和爱鸟护鸟知识。可该怎样给河滩人灌输护鸟爱鸟的理念呢？怎样才能让护鸟爱鸟意识深入人心呢？"

杨老师说："我们是不是可以先给全校的孩子普及护鸟法律知识，然后再通过孩子们给周边河滩人普及护鸟法律知识呢？这样既教育了孩子，又给河滩人普了法，一举两得，何乐而不为呢？对了，我想过，这个活动就叫……就叫'护鸟天使行动'吧！"

"哎呀，这个主意好，这个主意好。杨老师年轻，又是高才生，就是有想法。过几天我来一趟麻雀小学，咱们和范校长一起商讨这次社会实践活动。然后呢，我也会把这件事给咱们镇林业站的同志说一下，让咱们林业站也出一把力，共同把这事做好。孩子们都能做到爱护鸟类，大人又有什么理由说不支持呢？杨老师你说是不是？"

杨老师笑着说："是呀！这是咱们麻雀小学的孩子们提醒了我，要表扬他们才对。"

听到举办活动，老白顿时来了兴趣，赶紧说："我提前给附近几个村的村委会透个气，村委会一定会支持咱们。"

大家和大雁分别时，都恋恋不舍。周站长看到大家都不愿离去，就笑着说："你们都放心吧，我保证会照顾好它。"

后来的一段日子，白藕和同学们常常想念受伤的大雁。一个周末，大家约了时间去保护站看大雁。大雁身体恢复得很好，周站长说再过一段时间就可以放飞了。

第四章

竞选

第四章

竞选

受伤的大雁放回大自然后不久，周站长带着一面锦旗来到了麻雀小学。周站长一进办公室，范校长和杨老师就看到了锦旗上"爱鸟护鸟，杰出榜样"那金光闪闪的八个大字。

周站长说："范校长，杨老师，大家救助了大雁，我代表候鸟保护站表达一下谢意。"

范校长看看杨老师，又看看周站长，有点儿激动，又有点儿不好意思。

"这都是我们麻雀小学应该做的呀，你送面锦旗来就见外了。"范校长说。

周站长说："大雁可是二级保护动物哇。我真不知道怎么表达对咱们麻雀小学的感谢。范校长，你看看这面锦旗挂在哪里，我来帮你挂起来。"

范校长沉默了几秒钟，推辞说："我想了，这面锦旗说什么也不能挂我这儿。这可是我们学校的孩子们的集体荣誉呀。"

"范校长，听你的，你觉得它应该挂哪里？"周站长问。

范校长指着窗外一间间教室，说："就挂到教室后墙的黑板报上，一个教室一个教室轮着挂。先从六年(1)班开始。"

周站长也觉得范校长这个想法很好，可以更好地激励孩子们爱鸟护鸟。

周站长问起"护鸟天使行动"的事情。范校长也

是爱鸟人士，受伤的大雁也深深刺痛了他。当他听到"护鸟天使行动"，立刻来了兴趣，笑道："这件事杨老师从保护站回来那天就对我说了。我听说是咱们麻雀小学的孩子们提出来的这个建议。可见我们的孩子们也期待举办一场活动。我想了又想，这个活动的确很有意义，我双手赞成。"

周站长听后紧紧握着范校长的手，激动地说："范校长，我们全力配合你们，我也给咱们镇林业站的同志汇报过了，他们也十分支持。咱们麻雀小学对于这次活动有没有开展计划？"

范校长望了望杨老师，说："我和杨老师初步讨论了一下，让杨老师给周站长讲一讲。"

杨老师笑了笑，说："我们准备在四年级、五年级和六年级的每个班选一名'护鸟天使'去河滩上各个村庄和镇集市上宣讲。选拔的同学一定要爱鸟，有丰富的护鸟知识，不然怎么能有激情有胆识地走上讲台给大家宣讲护鸟知识呢？不然又怎能在同学们中树立威望呢？”

“那一、二、三年级的学生咋办？就不参加了？”周站长问。

杨老师回答道：“至于一、二、三年级的学生，年龄太小，等到他们上了高年级再参加此类活动，以此循环，每个孩子在小学阶段都会经历这样的活动。”

“那具体怎样选拔呢？抓阄儿还是根据平时的表现？”周站长问。

范校长抢先回答说：“都不是，我们决定通过鸟类知识竞答的方式选拔‘护鸟天使’。”

周站长连连点头，说：“好好好！这个主意很好。”

范校长是个行动积极的人，他一大早就去镇上请人制作好了印有“护鸟天使”四个醒目大字的红袖章。孩子们觉得，臂膀上戴上红袖章的样子，一定很威武神气，他们的好奇劲儿与好胜心一下子被激发起来了。

竞选"护鸟天使"的消息一经发布，四五六年级的学生都踊跃报名参加竞选，活动氛围异常热闹。要说校园活动，麻雀小学每年也会举办几次，像足球比赛啦，运动会啦，演讲比赛啦。而"护鸟天使"这项活动和以往的活动都不相同，大家都觉得新鲜有趣。

白藕告诉老白自己准备参加竞选"护鸟天使"。

老白听后乐呵呵地说："好好好！如果你真成了'护鸟天使'，我这老脸上也有光哩。"

每个人都想成为光荣的"护鸟天使"，大家都使出了浑身解数。成为"护鸟天使"并不是一件易事，要有渊博的鸟类知识，并经过层层选拔才能胜出。

六年(1)班四十名报名选手经过层层选拔，一路竞选下来，只有白藕和马槐两个人进入了最终的候选名单。

其实，在准备竞选"护鸟天使"之前的那些日子里，白藕就已经在做功课了。周末，他跟着老白去河滩上观鸟。观察它们的多彩羽毛和生活习性，倾听它

们的歌声。他和老白坐在老船上看向远方，天空中有几只白鹭飞过，白藕突然想起一句诗——一行白鹭上青天。他顿时觉得，古诗中的意境是真的很美妙哇。

他还去镇上的图书馆和书店搜集和鸟类有关的资料，去河滩人家走访调查。有一次，白藕在镇上的图书馆看到有个背影很熟悉，仔细一看，不是别人，是马槐。马槐也看到了白藕，两个人谁都没有说话。

除此之外，白藕去麻雀台的许木匠那儿弄来许多木板边角料，在老白的帮助下，用锯子锯成正方形、长方形、三角形等不同的形状。他用这些木板做成一个个小房子，涂上绿色的颜料，然后和黑铜一起把小木房子挂在河滩的树上。

"天越来越冷了，给那些无家可归的鸟提供一个温暖的庇护所。"白藕说。

马槐成了自己的竞争对手，白藕心里很是不服。如果那个竞争对手是别人也就罢了，可他偏偏是自己的"冤家对头"马槐，白藕心里自然不愉快。当然，马槐也不服白藕。

　　马槐和白藕之间的矛盾源于上学期那次期末考试。那时候，马槐一直想拥有一辆自行车。母亲说如果下次考试成绩优秀就送他一辆。巧合的是那次考试试题难度比以前大，除了几道选择题靠瞎蒙外，后面的问答题一道也做不出来，马槐只能望着试卷发呆。马槐又急又怕，满脑子都是那辆崭新的自行车。马槐悄悄转过身看到白藕唰唰唰写个不停，心里羡慕得不行。于是，他灵机一动，把希望寄托在了白藕身上。

　　马槐偷偷瞄了一眼讲台上的监考老师。老师目光正投向窗外。窗外的白杨树枝头有一只鸟儿在鸣叫，他似乎是被鸟儿的歌声深深迷住了。马槐觉得时机已到，便悄悄从口袋里掏出一张纸条。马槐在纸条上面写上题目序号，并在纸条的背面画上了一个大大的笑脸，想让白藕在相应序号后面写上答案传给自己。

　　马槐经常打弹弓，手法百发百中，他抛出的小

纸团刚好落在白藕的试卷上。正在做题的白藕被突如其来的小纸团吓了一跳。白藕转头一看，马槐正挤眉弄眼地朝自己使眼色。白藕看看纸团再看看马槐，顿时明白了怎么回事。白藕觉得告诉他答案就是纵容他"犯错"，再说被老师抓住那可不得了，试卷要被判零分的呀。白藕便当什么事都没发生，用拇指和食指轻轻一弹，小纸团不偏不倚正好落在了左前方的一个垃圾桶里。

马槐不屈不挠，又写了一个纸团扔给白藕。白藕还是不予理睬。马槐心里升起一股怒火，就又从试卷上撕下一片纸条，在上面写了一行字：白藕，不告诉我答案，祝你考零分。

马槐一而再再而三地扔纸团，影响了白藕考试答题，白藕就告诉了监考老师。老师从白藕手里接过纸团，看到上面写的那行字，气不打一处来，强行收缴了马槐的试卷。马槐这次考试毫无悬念地被取消了成绩，也丢了一辆心心念念的自行车。

“护鸟天使”终选活动安排在星期五的下午。

　　杨老师说：“这次竞选分为三个环节。三个环节得分相加，总得分高的获胜，从而最终成为‘护鸟天使’。”

　　“哪三个环节？”白藕问。

　　“第一个环节是‘鸟类知识竞答’。总共三十道题，都和鸟有关。有关于鸟生活习性的，有关于鸟种类的，有关于鸟颜色的，有关于鸟大小的，等等。在规定时间内，谁抢答得多，并且回答正确，谁的得分就高。”杨老师说。

　　“那第二个环节呢？”马槐问。

　　“第二个环节是‘看图识鸟’。所谓‘看图识鸟’，就是通过鸟的照片用最短的时间准确判断出鸟的名字。”

　　白藕和马槐盯着杨老师，正欲开口，杨老师抢先说道：“如果我没猜错的话，你们肯定要问第三个环节是什么，对吧？好，那我就告诉你们。第三个环节是'闻声识鸟'。所谓'闻声识鸟',就是通过鸟的鸣叫辨别鸟。'闻声识鸟'也是整个竞选活动中难度最大的一环。"

活动正式开始前,杨老师告诉白藕和马槐:"你们两个无论谁成为'护鸟天使',都是六年(1)班的骄傲。"

第一环节开始,原本人声嘈杂的教室顿时变得安静。

杨老师问:"两位选手准备好了吗?"

白藕和马槐齐声回答:"准备好了。"

"好,现在开始听题,第一题,世界上跑得最快的鸟是什么鸟?"

杨老师话音刚落,白藕立马举手回答道:"鸵鸟。"

"回答正确。"

杨老师又继续问:"下一题,世界上最小的鸟是什么鸟?"

这次马槐快人一步，立马回答道："蜂鸟。"

"回答正确。"

"下一题，世界上羽毛最多的鸟是什么鸟？"

"天鹅。"白藕抢答道。

"回答正确。"

白藕和马槐两人交替竞答，难分伯仲。

竞答现场，台下的同学似乎比白藕和马槐还都紧张。一阵对决下来，两人各不相让，竞答正确率一样，得分相同。

"下面我们进行第二个关键环节——看图识鸟。"杨老师从一个鼓囊囊的信封里掏出厚厚一沓鸟类的图片说，"这一轮两位选手分开进行。这里一共有四十张鸟类照片，我随机抽出二十张，先由第一位选手识别，谁先来？"

马槐望了白藕一眼，说："让他先来吧。"

白藕进展得很顺利，杨老师每抽出一张，他都能快速回答出鸟的名字，二十张照片，白藕全部识别正

确，台下报以热烈的掌声。

轮到马槐识鸟时，他亦是胸有成竹对答如流。可是，当杨老师抽出第十六张照片时，马槐愣了一下。照片上的这只鸟白色的身躯，形如鸽子，却有着黑色的羽冠和尾翼。他的思绪飞向了河滩，眼前浮现出了许许多多的鸟，鸟围绕着他盘旋。他努力寻找那只白色的鸟，可是这其中并没有他要找的那只。

这是什么鸟呢？好像见过，又好像没见过。天哪，谁能救救我，告诉我这是什么鸟？此时此刻的情形像极了期末考试。他绞尽脑汁，却想不出答案。

时间嘀嗒嘀嗒地流失，马槐急得额头渗出了汗珠。再这样耗下去不仅想不出个结果，还会影响下一道题目，得不偿失，还不如直接跳过这一题进入下一张。

"这一题跳过。"马槐说。

台下发出一阵低沉的感叹，似乎都在替他感到惋惜。

马槐最终识对了十九只鸟，这一环节输给了白藕一分。这极其致命的一分，让他沮丧万分。在终选这个关键时候，能走到这一关的选手都是高手，自己稍有差错就有可能功亏一篑。

白藕暂时赢得了宝贵的一分，心情和马槐刚好相反，这个优势给他带来了无穷自信。

可马槐很快调整了自己的心态，他告诉自己接下来的第三个环节绝对不能输，不然一点儿赢的机会都没有了。背水一战吧！

"同学们，接下来，让我们一起见证最关键的第三个环节的比赛，也就是难度最大的'闻声识鸟'。"

杨老师话音刚落，老白大踏步进了教室。白藕看到那张熟悉的面孔愣了一下，哎呀，爷爷怎么来了呢。听了杨老师解释他才明白过来，爷爷会口技，会模仿各种鸟鸣，于是他被请来模仿鸟鸣。

老白模仿得惟妙惟肖，仿佛林间的鸟儿们在欢唱。尽管白藕是老白的爷爷，老白还是公平对待，并不会偏袒自己的孙子。

这次首先出来挑战的是白藕。一开始，白藕进展得非常顺利，可在接近尾声的时候，老白模仿了斑鸠"咕咕、咕咕……"的鸣叫。

白藕立马回答道："布谷鸟。"

老白却说："回答错误，布谷鸟和斑鸠的叫声虽然十分相似，但仔细分辨，两种鸟的叫声还是有细微的差别。"

白藕有点儿失望，只能无奈地摇头。

马槐这一环节比白藕顺利，全部识别正确。马槐扳回了一局，两人打了个平手。

通过三轮的巅峰对决，杨老师觉得白藕和马槐两人都很优秀，实在是难分高低，让谁做护鸟天使都会对另一个造成伤害，于是就找到范校长，问能不能开个"绿灯"，给六年(1)班两个"护鸟天使"的名额。

范校长望着窗外思考了一会儿，摇了摇头，说：

"杨老师，我也很惜才，可是规矩就是规矩，咱们谁都不能破坏规矩，今天给你们六年(1)班两个名额，明天是不是也可以给六年（2）班和五年（2）班两个名额？"

杨老师想了想，觉得校长说得很有道理，便说："我再对他们两个考察几天。"

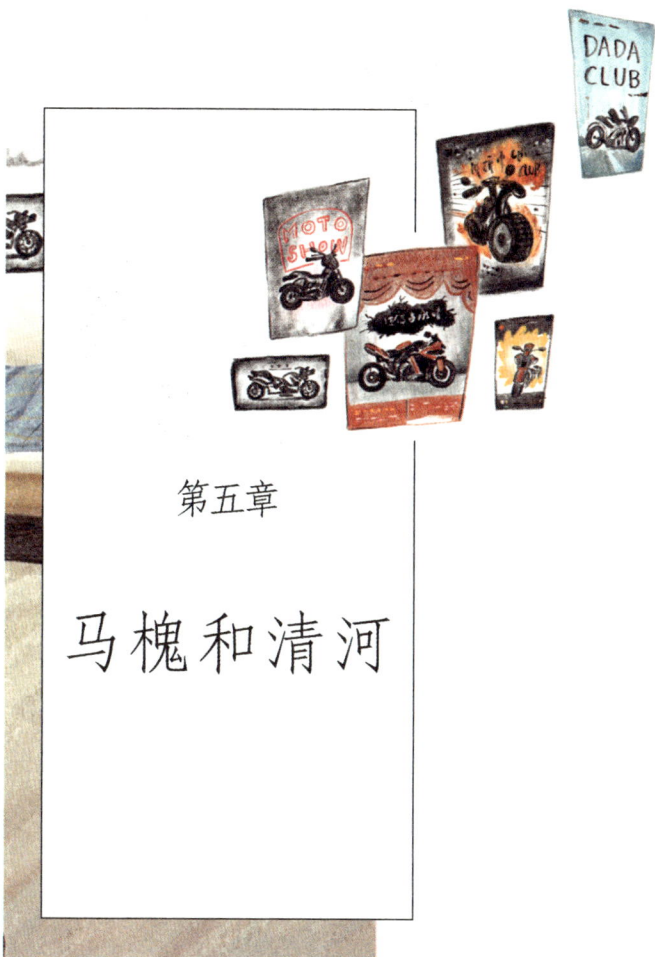

第五章

马槐和清河

第五章

马槐和清河

　　马槐天生就爱调皮捣蛋。他的调皮捣蛋有时毫无征兆，没有任何理由。比如，去年夏天，他把人家自行车的气门芯儿拔下来扔到了水沟里；把一张写有"我是大坏蛋"的纸条涂上胶水偷偷贴在陈武背上；偷喝了街坊厨房里的一瓶芝麻油，导致他上吐下泻在医院住了整整三天……

　　马槐的书包里藏有一把精致的弹弓。有次课间他掏出来玩耍时被赵来生看到了。

赵来生问他弹弓哪里来的。

马槐略带骄傲地说："我哥哥清河做的。"

清河以前在镇上读初中时，他的拿手绝活儿是做弹弓。在黄河滩茫茫的树林里，他一眼便能找到做弹弓手柄的"Y"形树杈。他懂得自行车气门芯儿做弹弓皮筋儿比实心的橡皮筋儿弹性好，他能把用旧轮胎做成的弹兜儿厚薄打磨得恰到好处。清河做弹弓的技术绝对堪称一流。他做出来的弹弓瓷实考究，经久耐用，外形美观，让孩子们看上一眼就会心动不已。没有人知道他这门拿手的绝活儿又是从哪儿学来的。

村里的孩子都慕名向他拜师学艺。清河也是非常热心，有求必应。

清河说："你们'拜师'可以，但我有个小小的要求。"

大家都迫不及待地问他啥要求。

清河说："每人给我十颗弹丸，包教包会。"

大家都满口答应，不就是十颗小石子嘛。

清河又说："弹丸必须按照我的要求制作，要么是用小石子打磨成的，要么是用黄胶泥揉搓成的。不管是用石子打磨的，还是黄胶泥揉搓的，都必须光滑圆润饱满得像一颗颗黄豆粒儿。"

大家说："怎么那么多要求，不就是一颗弹丸嘛？干吗要打磨那么光滑，能用就行呗。"

清河告诉大家："你们别小看这小小的弹丸，光滑和不光滑发射出去的效果完全两样哩。"

"怎么不一样？"

清河说："光滑圆润没有一点儿棱角的弹丸射程远，命中率高。"

有人好奇，问他是什么原理。

清河煞有介事地说："圆润的弹丸在空气中阻力小，摩擦力小，所以就发射得远啦。"

清河把收上来的弹丸装进一个从河边的老船那儿捡来的瓦罐里。

由于跟清河学习制作弹弓的孩子越来越多，没多久，他的瓦罐就装不下了。清河广收"门徒"，使得有一段时间弹弓泛滥成灾，那时候村里很多孩子都有一把制作精良的弹弓。

为了发挥弹弓的功能，清河还组织了弹弓射击比赛，看谁射得远，射得准。几番比试下来，结果当然是清河拔得头筹。

清河打遍天下无敌手，有着武林高手般的孤独寂寞，于是他就拿弹弓打人家的窗玻璃，打人家瓜田里的西瓜，打人家屋顶上的瓦片儿，打学校里老师晾晒的衣物……以至于后来村子里无论什么东西坏了，就会有人首先怀疑是不是清河干的。

马槐书包里有弹弓的事自从赵来生知道后，消息不胫而走，整个班里的同学都知道了马槐书包里藏有一把弹弓。

去年的一天下午，范校长在校园里散步时无意中发现了一只死麻雀。他蹲下来捡起麻雀，心疼地自言

自语："这只小麻雀，怎么就死了呢？可怜哪。"

这时候，有人告诉范校长马槐有一把弹弓。于是，范校长把死麻雀和弹弓联系了起来。范校长心里一惊，难道那几只麻雀是马槐打下来的？于是他让班主任收缴马槐的弹弓。

马槐却坚决不上交他的弹弓。他说："我虽然会做弹弓，但我从来没打过麻雀，以后也不会打。"

班主任说："为了体现公平公正，不打也得上交，以防万一。"

马槐为了藏弹弓找了很多地方，最后想想都觉得不安全。后来，他灵机一动，忽然想起一句话——最危险的地方也是最安全的地方。哪里最危险呢？当然是老师眼皮子底下呀，于是他就把弹弓藏在了讲桌里，用一张纸盖上。

没想到，班主任在讲桌里找黑板擦时发现了弹弓。

"这是谁的弹弓？"班主任问。

没人回答。

大家都纷纷转头看向马槐。马槐心虚，吓得不敢抬头。

班主任拿起弹弓仔细观察，发现弹弓的手柄上刻着两个字——马槐。

马槐捣蛋让村里人印象最为深刻的是去年秋天那次。他路过一家小卖部时，用弹弓打碎了小卖部屋檐下的瓦当，那碎瓦当掉下来刚好落在马槐的额头上。马槐额头上留下了一块疤痕，那块伤疤仿佛是他干坏事的历史见证。大家都说马槐活该，自作自受。

马槐的确十分爱护小动物，也从不打鸟。有人问他为什么不欺负鸟，马槐说鸟是他的恩人。一旁的赵小兵将信将疑地说："马槐，你又在吹牛吧！我就想不通了，鸟怎么成了你的恩人啦？"

"你们还别不信。喜鹊你应该知道吧，喜鹊可帮过我大忙呢。"

"好，那你给我们讲来听听。"

马槐便一字一句地给大家讲起他和鸟结缘的故事。

马槐和喜鹊的故事还得从两年前说起。那次，马槐在去学校的路上，突然看到一条大蛇停在路中间。马槐吓得差点儿没有摔倒在地。平日里马槐最怕蛇，尤其是又粗又长的大蛇。他不敢再往前走，站在那里进退两难。大蛇抬起头吐着芯子四处观望，它的目光直射在马槐身上，马槐吓得浑身发抖。就在危难之际，两只喜鹊突然从远方飞了过来。它们停在树枝头上，望着小路上的大蛇嘎嘎叫个不停。一只喜鹊从树枝上飞下来，冲着大蛇的脑袋啄了一下。那条大蛇自觉不是喜鹊们的对手，赶紧溜之大吉，钻进鼠洞里去了。

大家听了马槐的故事都说他在吹牛，这就是纯属巧合呀，喜鹊看到蛇本来就会嘎嘎叫个不停，哪里是在救他了！

马槐说："好吧，好吧，不管是不是喜鹊在紧急关头救了我，我确实打心底感激它们。"

马槐也懂得报恩。有一次，他在河滩上救过一只被猎狗咬伤的喜鹊。在笼子里养了十来天，伤好了便放回了河滩。杨老师说马槐这孩子并不坏，只是缺少关爱。的确，由于生活中缺少关爱，马槐的很多顽皮的行为完全是为了引起别人对他的关注。

马槐一家原本生活在河滩外一个叫马桥的村庄。后来，父亲在河滩外的工地上意外去世，母亲便改嫁给了严清河的父亲严方。

黄河滩对初来乍到的马槐是新鲜的、神秘的。他第一次见到成群的牛羊，第一次见到呼啦啦的鸟群，第一次见到宽阔的黄河。

严清河比马槐大整整七岁。马槐来到严家第一眼看见他时他就笑吟吟的，像刚吃了蜜糖。十九岁的清河长得虎背熊腰，力气大得惊人，无论从哪个角度看都俨然一副大人的模样。他把双手轻轻搭在马槐的双肩上，就像一个亲哥哥对弟弟那般热情友好。

初次见面那天，清河看出马槐站在院子里略显尴尬，便转身去了房间，再从屋里出来时，手里多了一把用铁皮和木头制作的玩具枪。玩具枪的手枪柄上用红色墨水画着漂亮的图案，显得那么精致，那么讨人喜爱。马槐眼睛一亮，像见到了稀世珍宝一般。清河把玩具枪送给马槐，说："送给你吧，我自己用河滩上的枣木做的。"

马槐的心怦怦跳得厉害。

马槐对这个从天而降的哥哥有了极好的印象。清河笑着告诉马槐自己叫"严清河"，"清清的河水"的意思。马槐也告诉清河自己叫"马槐"，"生长在马桥村的槐树"的意思。

两个人都被对方逗得哈哈大笑。

马槐顿时觉得自己有了一个哥哥，有了一个在自己被欺负时可以勇敢站出来替自己打抱不平的哥哥，这个哥哥宛如亲哥哥一般。对一个十多岁的孩子来说，这是一件多么温暖幸福的事情啊。在马槐看来，有一个哥哥有很多好处，比如，孩子之间有些事情，也许不好意思告诉父亲母亲，却可以毫无顾忌地向哥哥敞开心扉。

清河高中毕业后一直跟着父亲在河滩上放羊。他被生活磨炼出了一副结实有力的宽厚肩膀。

清河特地把马槐带到后院的羊圈旁。由木桩和红砖建造的羊圈正中央开有一扇小门。清河说每次去河滩上放羊时羊儿们都会像洪水似的一涌而出。

清河告诉马槐，为了建造这个羊圈，他和父亲花了十天的时间。马槐突然出现在羊圈旁，挤来挤去的羊看到陌生面孔便争先恐后地往后躲闪。清河从旁边的筐篓里抓出一把草料扔给羊儿们。羊儿们又争先恐后地拥了上来抢食草料。

"马槐，你知道吗，我特别喜欢我家的这些羊。"清河语气里略带几分骄傲。

马槐问："清河哥，这里一共有多少只羊？"

清河骄傲地说："四十五只，其中大羊三十只，小羊羔十五只。"

清河指着一只咩咩叫唤的小羊羔说："它是今年冬至那天生的，我给它取名叫'冬至'。"

"这些羊都有自己的名字，你看，灰色的那只叫'七月'，白色的那只叫'十二月'，最后面的那只叫'青草'，它旁边的那只叫'明年'，在母羊身旁跳来跳去的那只叫'希望'……"

"清河哥，它们的名字都是你取的？"

清河笑着点点头，说："是哩。好不好听？"

马槐连连点头道："好听，好听。"

马槐只听说过狗和猫有名字，比如，他的狗叫黑斑。每只羊都有名字，这在马槐看来特别新鲜有趣，也足以看出清河是个有爱心的人，有生活情趣的人。

清河和父亲一样从小就会游泳，但比父亲游得远。他说他夏天常常从黄河的南岸游到北岸，然后再从北岸返回南岸，一分钟也不用休息。清河说着便自豪地亮出自己的肌肉。

"咋样，结实吧？"

马槐惊讶地盯着清河胳膊上的肌肉，那一块块肌肉饱满结实，看上去比他父亲的还威猛有力。

清河房间的墙上贴满了画报。这些画报上的"主角"都大同小异，要么是一辆孤零零的摩托车，要么是骑着摩托车飞奔的赛车手。画报上的摩托车五彩缤纷、绚丽夺目，并非生活中见到的那种普通摩托车，都是电视上风驰电掣的那种越野赛车。

"清河哥，你喜欢摩托车？"

"是呀，我对摩托车不是一般的喜欢……对了，你看过电影《心跳戈壁》吗？"

马槐说："没看过。它是讲什么的电影？"

"是和越野摩托车有关的电影。讲述了七个热爱摩托车运动的赛车手驾驶着自己的摩托车穿越戈壁的故事。哎哟哟，里面的赛车手真是太帅了。"

马槐不懂摩托车，清河却如数家珍，对每辆车都讲得头头是道。

清河依次指着墙上的画报说："这辆是春风NK400，这辆是凯越500F，这辆是华洋K6R……"

"这些摩托车一定很贵吧？"

"就拿这辆国产春风NK400来说，买一辆要三万元左右。"

马槐大叫起来："不会吧，一辆摩托车竟然要三万块钱？"

清河说："这不算什么，还有更贵的呢……要是我能有一辆就好了，那样的话我做梦都会笑出声。可是我爸说玩摩托车是不务正业，说玩摩托车太危险，所以他不给我买。没事，我以后一定会有一辆我喜欢的摩托车。"

马槐看到清河眼睛里发出了光芒。

"你知道吗，以前经常会有越野摩托车赛车手来河滩举行越野比赛，那叫一个精彩呀，下次你看了保证你也会觉得精彩。说实话，我就是从那时候爱上摩托车的。"

"他们为啥来河滩上比赛？"

"因为咱们黄河滩辽阔空旷，摩托车手可以像鸟那样无拘无束自由发挥呀。"清河张开双臂，模仿鸟飞翔的姿态。

清河清楚地记得河滩第一次比赛的现场画面。那场比赛有四十五位选手参赛。清河从没见过那么多摩托车一起出现在河滩上。赛车手们在高低起伏的地面上做出各种惊险刺激的高难度动作，俯冲、旋转、压弯儿。这种场面顿时让清河热血沸腾，心潮澎湃。

谈话间，马槐那条黄色带黑色斑点的狗跑了过来。于是，两人又把话题转移到了狗身上。清河看到马槐的狗，眼前一亮。他蹲下来抚摸着黑斑的脊背，问马槐："它叫什么名字？"

"它叫黑斑。"

"哈哈，黑斑？为啥给它取了个这么奇怪的名字？听起来像绰号。"

"是呀，你看它身上的黑色斑点多漂亮啊！"马槐说，"说实话，论狗的品种，它不是什么名贵狗，只是一条再普通不过的土狗。"

清河说："我觉得吧，狗是不是名贵品种不重要，重要的是和主人亲密，合得来，对主人忠诚。我以前也养过一条狗，也是土狗，颜色比黑斑还要漂亮。"

"那它现在在哪里？"

清河沉默了一会儿说："可惜它误食了迷药，被狗贩子捉走了。"

马槐气呼呼地说："这偷狗贼太可恨了！"

"都过去了，不提它了，不提它了，一提就心烦。"清河连连摆手。

清河似乎也非常喜欢黑斑，他转身去厨房里拿了半块馒头喂它。刚到黄河滩这个新家，为了让黑斑住得舒适踏实，马槐和清河一起找来旧砖块和木料，决定在房屋的山墙下给黑斑搭建一个小房子。

马槐在旁边给清河打下手。清河说需要泥巴，马

槐就连忙用铁锹铲一堆泥巴递上来；清河说要砖块，马槐忙不迭地送上砖块。两人忙活了半天，一间带窗户的可爱小房子建成了。

马槐盯着这件"作品"连连称赞："好看，真好看，这样精巧的小房子在河滩上肯定找不出第二间。"

"清河哥，你就是一个建筑专家。"

清河被马槐夸赞得难为情，只盯着小房子笑。

清河隔壁有一间空房间，严方让马槐住在里面。马槐的房间和清河的房间隔着一面墙，墙上有一个一尺见方的小窗户。彼此打个喷嚏对方都听得一清二楚。有时候，清河在自己房间大声喊："七点半了，快起床上学去了。"马槐赶紧揉着眼睛起床。有时候星期天马槐会叫："清河哥，今天我和你一块儿去放羊啊。"

马槐和清河赶着浩浩荡荡的羊群向河滩走去。清河心情很好，开始大声唱歌。

清河唱前一句，马槐赶紧接下一句。

大河向东流，天上的星星参北斗哇……

嘿嘿，参北斗哇……

清河走在羊群的最前面。晨光把羊群和清河的影子拉得很长很长。清河本来就敦实健壮，他的影子高大得像一个黑色的巨人。马槐背着灰色的帆布包走在羊群后边，帆布包里装着两个大馒头、一壶凉开水。

河滩上空飘荡着一片片洁白的云朵，它们变换着形状向前翻滚。弯曲而漫长的小道两旁长满了被风吹得左摇右摆的茅草。馋嘴的羊儿们总会偷偷停下脚步，耷拉着脑袋啃上几口解解馋。

黑斑欢快地在羊群里窜来窜去。马槐没有放过羊，羊群根本不听他的话，让它们往东，它们往西，让它们往西，它们却往东。清河让马槐挥起牧羊鞭给予羊群警示，可是马槐手里的牧羊鞭根本不听使唤，甩起来像哑炮，一点儿声响也没有。

清河从马槐手里接过牧羊鞭，说："看我的。"

牧羊鞭到了清河手里就完全变了样。牧羊鞭挥得像放鞭炮一样噼里啪啦作响。听到熟悉的皮鞭声，馋嘴的羊突然受了惊，也赶紧加快了脚步，乖乖地往前跑去。

清河从不舍得用牧羊鞭打羊，最多虚张声势地甩几下噼里啪啦的空鞭，吓唬吓唬它们。

路上，有羊贩子开着三轮车经过，看到一只只肥嘟嘟的羊，停了车。羊贩子问清河羊卖不卖。清河都不搭理羊贩子。羊贩子以为清河没听见，又大声问羊卖不卖。

清河对着羊贩子吼道："不卖，一只也不卖给你！"

羊贩子自觉无趣，加速远去了。

马槐问清河为什么对羊贩子那么凶。你卖不卖都要对人家态度好一点儿啊，俗话说，买卖不成仁义在嘛。

清河没有说话。走了很长一段路，清河开了口：
"你知道吗，我卖羊有自己的原则。从不卖给羊肉店
和羊贩子，我打心底不舍得。"

"那卖给谁？"

"卖给那些养羊专业户哇。他们养羊就是为了收
获羊毛。"

马槐听了心里满是感动。他没想到看起来豪放不
羁的哥哥，竟然也那么细心，心地也那么柔软。

马槐和清河坐在堤坝上，远远地望着羊吃草。清
河给马槐讲有关越野摩托车的故事，讲了一会儿，觉
得马槐对摩托车不感兴趣，便随手扯下身旁的茅草，
教马槐编小鸟，编草蜻蜓，编草戒指。马槐从河边采
来芦苇，让清河教自己编蝈蝈儿笼子。

太阳西下，羊儿们吃饱了，咩咩叫着朝清河冲过
来。跑在最前面的羊叫"三月"，是羊群里最调皮捣
蛋的一只。他顺手从地上拔了一根枯黄的狗尾巴草递
到"三月"嘴边，"三月"却不愿意吃清河送到嘴边

的草，一直把嘴往清河脸上凑，不停舔舐清河的脸蛋儿，舔得清河的脸痒痒的，心里酥酥的，干涸的心田像被突然灌进了一碗甘甜的清泉。

河滩上到处是树，有些马槐却叫不出名字。清河用牧羊鞭指着一棵棵树教他认识。

"看到没，右边那棵是楸树，左边那棵叫白杨。"

"前面那棵是什么树？"

"那棵是楝树。"

在马槐看来，清河哥哥真厉害，什么树都认识。

在清河看来，什么树都没有槐树亲切。在黄河滩，每家每户的门口都会栽有一棵或大或小的槐树。

那天，清河和马槐站在家门口那棵粗壮的老槐树下抬着头看树梢。清河说："听我爸爸说这棵树是我太爷爷亲手种下的，刚种下时只有胳膊那么粗，现在一晃这么多年过去了，它都可以当房梁了。"

过了很久，他又叹了口气，说："唉，以后就不能天天陪着它了。"

"哥，为啥？"

"我听村主任说，咱们河滩的村庄都要搬迁到河滩外面去了，咱们会住在新建的小区里。唉！这棵老槐树就要孤零零地留在这儿喽。"

马槐听到这个消息，愣了一下，问清河为什么要搬到河滩外。

"你没听那电视上说吗，黄河滩外住高楼，吃穿用度不用愁。现在时兴'新农村'嘛。"

"那咱们搬走之后，这片土地留着干啥？"

"到时候咱们老宅附近全部种上树。说白了，就是咱们搬走给鸟儿们腾地方。"

"哥，麻雀小学搬不搬？"

"搬，不搬的话你们上学咋办？河滩外会建新学校，比现在的学校还漂亮还阔气呢。"

清河望着老槐树第二个分叉处那个黑黢黢的喜鹊窝。常年有喜鹊站在枝头叽叽喳喳叫个不停。父亲说这叫"喜上眉梢"和"喜鹊报喜"。夏天，浓密的树叶和槐花会把喜鹊窝遮挡得严严实实，极有安全感。春夏时节，清河嘴馋，就踩着院墙爬到老槐树上采摘散发着淡淡清香味的槐花，让父亲做一锅香喷喷的槐花饭。

马槐问："哥，为什么家家户户门口都栽一棵槐树哩？"

清河顿了顿，说："其实，我也不知道。不过，听说这和咱们河滩上的一句俗语有关——门前一棵槐，招宝又进财。"

清河觉得，槐树招不招财不知道，鸟倒是招来了很多。鸟儿们直接在那些苍老而粗壮的树干上凿洞筑巢。花开的季节，盘根错节的老藤夹裹着一朵朵淡蓝色的花攀爬上屋顶，鸟鸣和花香也便从窗户钻进房间，装点着庄户人家的生活。

马槐刚开始到麻雀小学的时候，第一次开家长会是清河的父亲严方去的。同学们都不知道严方是马槐的继父，以为是他亲生父亲。家长会上，老师让孩子和家长来个小小的互动——让孩子去主动拥抱一下自己的父亲或母亲。当班上全部的孩子都一拥而上紧紧抱住父亲或母亲时。马槐傻傻地低着头站在那里，仿佛他要拥抱的人并不在现场一样。

大家都觉得很奇怪，马槐怎么不拥抱自己的父亲呢？老师看见马槐尴尬地站在那里，便走过去问马槐："马槐，怎么啦？快去拥抱一下你爸呀。"

可是马槐还是低着头安然不动，像一个木头人似的。

清河从小就希望自己有个弟弟，他从小一个人，太孤单了。马槐的到来刚好弥补了他这个缺憾，实现了这个梦寐以求的愿望。他很喜欢这个从天而降的弟弟。为了弟弟，他什么都可以做。

竞选"护鸟天使"的那段时间，清河看到马槐很不开心，整日一副郁郁寡欢的样子，问他有什么心事。马槐犹豫了一会儿，把班上竞选"护鸟天使"的

事一五一十地告诉了清河。

清河沉默了很久。他想靠自己的能力帮助弟弟实现他的愿望。可是，怎样帮助呢？好好想想吧，办法总会有的。

第六章

三根羽毛

第八章

三根羽毛

　　"护鸟天使"没有尘埃落定的那段日子，白藕度日如年、如坐针毡。他告诉自己，这个节骨眼儿上，可千万不能出什么差错。由此，他每天过得小心翼翼、一丝不苟，他不敢迟到，不敢早退，课上积极举手回答老师问题，主动帮助低年级同学辅导作业，帮助别的小组打扫卫生，抢着帮学校门口的孙大爷提水。

马槐对白藕的积极表现不屑一顾。在马槐看来，白藕这一系列积极的表现似乎都是在"作秀"，都是冲着"护鸟天使"去的，都是在为"护鸟天使"做铺垫。在这个紧要的关头，白藕故意表现给大家看，以便获得老师和同学们的好感。他这种行为明显是在拉拢人心，最终达到成为"护鸟天使"的目的。

这话传到白藕耳朵里，白藕不予理会，还是照常做他该做的事，做他想做的事。其实，不仅仅是这段时间，他平时也是乐于助人的孩子，只是马槐没留意罢了。

但马槐也没有闲着，他也在为取得最终的胜利做着准备。他让清河给自己出出主意。清河信誓旦旦地说："你的事包在我身上。"

那天放学回家，马槐打开电视机。电视上正在播放新闻节目。内容是，近日河滩上的一片麦田里发现了几根地鹬的羽毛和摩托车行驶的痕迹。马槐嘟囔道："这该死的偷鸟贼。"

这时候，清河走过来，从马槐手里夺过遥控器关掉了电视机，说："马槐，快去做作业吧。偷不偷鸟都不是你关心的事，你现在主要的任务是好好读书。"

马槐望着清河。清河向来是不过问自己读书的事情，今天这是怎么了？难道太阳从西边出来了！

麻雀小学的师生也都知道了河滩发生了地鹨被盗的事情。第二天上午，大家议论纷纷，谈论那个偷猎地鹨的新闻。

两天后发生的一件事给了白藕沉重一击，让他顿时对"护鸟天使"失去了信心。

那天下午，白藕从学校到家门口时看到很多人。他好奇地赶紧跑过去看个究竟。人群里三层外三层，密密匝匝，钻都钻不进去。

白藕拉住一个邻居问发生了什么事。邻居低头一看是白藕，赶紧说："哎呀，白藕回来啦。有人举报你爸在河滩上偷了鸟，森林派出所和候鸟保护站的同志正在你家红薯窖里寻找证据呢。"

白藕愣了一下，摇着头说："我爸不可能偷鸟。不可能，他也很喜欢鸟，怎么会偷鸟？！"

"咋不可能，有人举报啦。听说还是国家重点保护鸟类地鵏呢。"邻居双手比画着说。

白藕顿时感到头晕目眩，他脑子里一片空白，似乎丧失了意识。

白藕费了九牛二虎之力钻进人群，看到了红薯窖旁站着的父亲和母亲。红薯窖旁站着周站长和另外三个不认识的人。

不一会儿，有人从红薯窖里搜出一个黑色的袋子。他们打开袋子，从里面翻出来三根漂亮的羽毛。望着那三根虎纹羽毛，白藕的心剧烈地颤抖了一下。

"这是珍稀鸟类地鵏的羽毛，地鵏的羽毛怎么会出现在这里呢？"大家开始议论纷纷。

父亲表现得特别沉着冷静，仿佛那三根羽毛是大风吹进了自家的红薯窖里。

"各位街坊，我们真的不知道这是怎么回事。"父亲镇定地说。

那三根羽毛是那么美丽，那么干净，那么圣洁。羽毛在微风中颤动，仿佛在向白藕诉说着什么。白藕仿佛听到了一种悲鸣，一种呼唤，愧疚和自责的疼痛深深刻在了他的心里。

紧接着，有人又从袋子里翻出来两个捕猎夹和一个装有毒饵的黑色玻璃瓶。

母亲眼前一黑倒在了墙角。墙角上的一个玻璃花瓶咣当一声掉在了地上，碎了。花瓶的碎片在灯光的照耀下闪着星星点点的光，就像母亲眼角闪烁的泪花。

白藕把书包往地上一扔，赶紧去扶母亲。

母亲喃喃道："这、这到底是怎么回事？"

白藕脑子里一片空白。他把鸟当成自己的亲人，没想过他最憎恨的偷鸟贼竟然会是自己的父亲。

白藕再也控制不住自己的情绪，号啕大哭起来。

邻居陈阿婆是个善良的女人，她抱着白藕，说：
"白藕，不哭，阿婆相信你爸是个好人，他是不会偷
鸟的，这也许是误会。"

误会？证据就摆在眼前，怎么解释？能解释得清
楚吗？白藕冷静下来，说："我相信爸是个好人，但
是，这三根羽毛和捕猎工具是怎么回事？"

母亲哽咽着说："以我对你爸的了解，他绝对不
会做这种伤天害理的事。"

大家翻遍了整个院落并没有找到地鹕。有人说，
通过三根虎纹羽毛可以推断，父亲早已经把捕获的地
鹕卖掉了。

"陈阿婆知道我是什么样的人，我绝对干不出这
种伤天害理的事。"父亲欲哭无泪。

陈阿婆走到父亲身旁，说："白藕他爸是个好人
呀，我就不信他会偷鸟。"

父亲一直给白藕的母亲和围观的街坊邻居大声解
释说他真的没有偷鸟，他也不知道红薯窖里的三根羽

毛和捕猎工具是怎么回事。

森林派出所和候鸟保护站的同志告诉大家，在事情没有调查清楚之前，光凭三根羽毛和几个捕猎夹并不能证明白藕的父亲偷了鸟。

虽然并不能肯定父亲偷了鸟，但今天发生在家里的事让那些坚信"无风不起浪"的人不得不怀疑白藕的父亲。

白藕害怕同学知道家里发生的事，第二天早晨不愿去学校。母亲轻轻抚摩着白藕的后脑勺说："白藕，你还要竞选'护鸟天使'呢。"

家里发现了这么大的事情，自己如果再去和马槐竞争"护鸟天使"，这不是天大的讽刺吗？但他又心有不甘。他问母亲："妈，我爸偷了鸟，我还能竞选'护鸟天使'吗？"

母亲说："谁说你爸偷了鸟？现在还没有定论，我相信你爸是清白的。"

老白感到很疑惑，他绝不相信自己的儿子会捕鸟。老白毕竟是经历过大风大浪的人，他很快从悲愤的情绪中走了出来。

在母亲和老白的劝说下，白藕红肿着双眼去了学校。

白藕家里发现三根羽毛的事情一夜之间在麻雀台传开了，茶余饭后，人们都在讨论白藕的父亲。这事自然也传到了麻雀小学。这事传来传去完全变了味儿，甚至有人说在白藕的家里发现了被白藕的父亲捕猎的地鹬。

白藕难过极了，他飞速跑出教室，躲在操场旁的一棵大树后面抱头痛哭。

杨老师把白藕叫到办公室，递给他一块毛巾，说："白藕，哭哭啼啼像什么样子。快把眼泪擦干，拿出个男子汉的样子来。"

白藕擦干眼泪，不敢正视杨老师，一个劲儿地低着头抠指甲盖儿。

"白藕，你爸不会偷鸟，他是一个好人。我想这一定是个误会。"杨老师拉住白藕的手说，"如果鸟真不是你爸偷的，时间自然会还他一个清白。所以，你现在要做的是好好学习，别的不要多想。"

杨老师的手是那么温暖，就像一堆篝火。白藕点点头回到了教室。

白藕眼睛呆呆地盯着黑板，思绪却飞向了河滩。他眼前浮现出一群群呼啦啦飞翔的野鸟，浮现出一条条凶狠的猎狗，浮现出一双双受伤的翅膀，浮现出一根根漂亮的羽毛。他似乎看到父亲带着猎狗疯狂地追赶地鹬。那些与父亲有关的画面，就像一幅幅浮雕，立体又形象地刻在了白藕的脑海里，想忘都无法忘掉。他努力不去想，可那些画面仍旧不愿放过他，总时不时地忽然从某个地方钻出来。

对于父亲的事情，白藕非常敏感。走在麻雀台的大街上，但凡看到三五成群的人聚在一起聊天，他都会慢下脚步侧着耳朵仔细听他们有没有在讨论父亲。有很多次白藕听到了大家谈论的话题和父亲有关。他们都说父亲捕猎了珍稀鸟类，真是人不可貌相啊。每次听到这些，白藕便躲在墙角处委屈地大哭一场。

父亲的事给白藕带来的伤害无法用语言来形容。他每天过得忧心忡忡，忐忑难安。他课下常常谁都不理，盯着课本发呆，或者一个人趴在课桌上写日记，有时候还一个人跑到操场一角抹眼泪。

"父亲"本应该是一个温暖且有安全感的称呼，但在白藕的词典里不是这样的解读。这个熟悉又陌生的词语带给他太多委屈与不公，在白藕看来是那么陌生恐惧，它像一根扎在皮肤里的毒刺，稍不注意便扎得他疼痛不已。

不知道是不是心理作用，白藕感觉到班上的同学看自己的眼神与以往有了不同。白藕不敢和同学们相处，他怕大家嘲笑自己，于是干脆逃学跑到河滩上去看鸟群。

鸟在空旷的河滩上高高低低地飞舞。白藕望着天空的鸟，他多么想自己也变成一只鸟哇。他想象着自

已从河滩上空掠过时一览众山小的感觉。往下俯视，下面的人也许就像蚂蚁一样渺小。是呀，人们自己觉得很伟大，很了不起，换个角度看，显得又是那么渺小无力。

白藕望着飞翔的鸟群，想努力忘掉那三根羽毛的颜色，可怎么忘都忘不掉。甚至那些画面常常潜入白藕的梦里，和现实交织在一起霸占着白藕的记忆。

白藕发呆的时候，一个人影摇摇晃晃从远处走过来。那个人戴着帽檐宽大的太阳帽，背着一个大大的黑色背包，走起路来东张西望。白藕瞬间警惕起来——这个偷鸟的人在搜寻目标。

那个人走到白藕面前，停下脚步。男人望着空中掠过的一只灰鹤，笑了笑说："你看那只鸟飞得好高哇。"

白藕盯着他的背包。心想，难道他这背包里面是捕获的鸟吗？

"你叫什么名字？"那人看到白藕紧盯着自己

看，对白藕产生了兴趣。

"我……我叫白藕。"

"哦，我姓陶，叫我老陶好了。"

可是，他看上去并不是特别老，比父亲大不了几岁。白藕上下打量了一下老陶，说："你和我爸差不多大，为什么叫'老陶'。"

"我们摄影圈儿的人都这样称呼，不论年龄大小，称呼别人总喜欢在姓前面加个'老'字。"老陶噗嗤一声笑了。

"那你是摄影师吗？"

"是的，我是专拍鸟的摄影师。"

哦，原来他不是偷鸟的人，是位拍鸟的摄影师。白藕告诉自己，你说叫"老陶"就"老陶"吧，无非是个称呼而已。

"你是从哪里来的？"白藕问。

"我从河滩外来的。"

"河滩外？河滩外哪里？"

"市里。你去过市里吗？"

白藕摇摇头。

"以后会有机会去的。你们河滩真的很美。我为了来拍鸟，骑着自行车赶了二十公里的路。"

"市里不美吗？"

老陶顿了顿，说："市里也美，不过市里的美和黄河滩的美不一样。"

"哪里不一样？"

"这样说吧，市里的美是繁华热闹的美，是辉煌灯火的美，是现代化的美。黄河滩的美是自然的美，是……是原生态的美……"

"那……啥是原生态的美？"

"原生态是……哈哈，你和我儿子一样，脑袋里有'十万个为什么'，遇到问题总会打破砂锅问到底。原生态的美是、是……这个以后有机会慢慢告诉你吧，或者以后等你长大了走出河滩自然而然也就知道了。"老陶笑着说。

　　白藕想起刚才老陶说骑自行车来的，可他并没有看到自行车，便好奇地问："你刚才说骑自行车来的，那你的自行车呢？"

　　"停在了那边一棵大树底下。"他朝不远处指了指。

　　老陶把鼓囊囊的背包从肩膀上卸下来，放在地上。他"哧啦"一声拉开背包的拉链，背包最上面是一只保温杯，几包饼干，两袋方便面和一包餐巾纸。他说他们这些拍鸟人在外面一待就是两三天，有时遇到珍稀的鸟类根本顾不上吃饭，只能随身带点儿干粮。他随即拿起一包饼干递给白藕，问白藕饿不饿。

　　白藕摇摇头说不饿。老陶拆开饼干袋自己捏了一块儿塞进了嘴里。

　　白藕问："拍鸟很忙吗？为什么会顾不上吃饭？"

　　"你想想啊，鸟的生活很多时候是要靠抓拍，鸟的美转瞬即逝，所以要一直躲在照相机后面守着候着。"

老陶又像变魔术一样从背包的最里面掏出了一架镜头很长的黑色照相机。

看到这个新鲜玩意儿，白藕顿时来了精神。

"这是……照相机？"

"嗯，是照相机。这可不是普通的照相机。"

"那、那是什么照相机？"白藕伸出手去想摸一摸，手还未触摸到照相机又赶紧缩了回来。

"这是专业单反照相机，我们管这个叫'大炮'，即使几百米外的鸟用它拍摄出来的照片也很清晰。"老陶说。

"哦，那它是不是和望远镜一样？"

"它比望远镜还高级，望远镜只能观看，不能拍摄记录。"

老陶又掏出一个折叠的三脚架，娴熟地支开三条腿儿，把那个"大炮"架在上面。他摆弄了半天总算调试好了最佳拍摄角度。他闭上右眼，用左眼观看，那样子看起来很滑稽可笑。

老陶自言自语："啧啧啧，来啦来啦，哎哟，真漂亮。啧啧啧……"

老陶的一番话听得白藕心里直痒痒。老陶通过照相机看到的是什么，又到底有多美？白藕观察着他的一举一动，觉得很有意思。

老陶看了一会儿，向白藕招手说："嗨，小子，你也过来看看，快来。"

白藕不好意思走过去，老陶一把将他拽到"大炮"旁。

"快，把右眼闭上，就像我这样。"

白藕模仿着老陶的样子，睁一只眼闭一只眼往镜头里观望。

"对，就这样，保持不动。"老陶说。

白藕透过大炮看到几百米远的麦田里停歇着七八只豆雁。这"大炮"真是个神奇的东西，豆雁们身上的羽毛都可以看得清清楚楚。他情不自禁地说："看起来真的好清楚哇，就像在眼前一样，真神奇。"

"神奇就对喽。"老陶笑着说。

说话间，老陶"咔嚓"一下按下了照相机的快门儿，把那几只豆雁拍了下来。老陶按着照相机上的一个按钮播放刚刚拍摄的照片。放大，放大，再放大，大得直到豆雁的眼神都看得一清二楚。

白藕惊讶得哑口无言。

老陶告诉白藕他是一位专业拍鸟人，全国各地到处跑去拍鸟，可以说有鸟的地方就有他的身影。他在杂志上发表过很多以鸟为题材的摄影作品。

"你去过哪些地方？"白藕问。

"我去过的地方可多了。比如说吧，北戴河、长白山、神农架、乌伦古湖、西双版纳、崇明岛、武夷山……还有很多很多。"

白藕觉得老陶去过那么多地方，真是了不起，顿时对他佩服得五体投地。

"小子，你知道我为什么拍鸟吗？"老陶问。

"为什么？"

"唤起人们的爱鸟护鸟意识吧。"老陶说，"我以前不怎么拍鸟。我走上拍鸟之路和我经历的一件事有关。"

"你能告诉我是什么事情吗？"

"有一次，我和朋友去一家饭店吃饭，有一道菜叫'凤凰高飞'。我就问服务员'凤凰高飞'是什么菜。服务员悄悄告诉我，'凤凰高飞'其实就是麻雀。当时我心里咯噔一下，有种说不出来的罪恶感。后来，我和朋友举报了这家饭店，饭店也被停业整顿了。我呢，从那以后也开始用照相机呼吁人们爱鸟护鸟。"

他从背包里翻出来一本厚厚的杂志递给白藕。

白藕翻看杂志，一幅幅精美的照片令他目不暇接。他惊讶地问："这都是你拍的吗？"

老陶笑着回答说："都是我以前拍的。"

白藕无意间翻到了一只红色鸟的照片，这张照片上的鸟儿让他眼前一亮——他回想起阿火来。照片上的这只鸟和阿火长得一模一样，红色的羽毛，长而细的腿，弯曲的脖颈。

白藕兴奋地问老陶："陶叔叔，这只是什么鸟？"

"这只是火烈鸟，又叫大红鹳。"

"火烈鸟？"

"嗯，火烈鸟。"

"以前我和爷爷在河滩上看到过火烈鸟。"

"真的？在哪里看到的？"

"就在那片芦苇荡后面的河边。"白藕指着远方说。

"你小子运气好。你知道吗，火烈鸟在我国十分稀少，难得遇到一次。这只也是我以前在黄河滩拍到的。"

"它也许就是阿火。"白藕自言自语道。

老陶疑惑地问："阿火？阿火是谁？"

"哦，阿火是那只火烈鸟的名字。我和爷爷给它

取的。"白藕说，"陶叔叔，你还见过什么鸟？"

"对了，前两天我在这儿拍到过地鵏。"

说到地鵏，白藕顿时来了兴趣。他说："你知道吗？我爷爷是河滩上第一个看到地鵏的人。"

老陶也顿时来了兴趣，说："真的吗？那我有机会一定要认识认识你爷爷。"

白藕看得津津有味，有一些鸟是老陶在遥远的大草原拍摄的。不知为何，摄影人老陶的出现让白藕的心情变得特别舒畅。白藕告诉老陶，他以后也想买个"大炮"拍一拍鸟，把黄河滩的每只鸟都拍进镜头里，展示给大家看，唤醒人们的爱鸟护鸟意识。

老陶拍着白藕的肩膀说："我相信你以后一定可以的，你一定会像翱翔的鸟儿一样，飞得更高更远。"

第七章

越野摩托车

第七章

越野摩托车

清河一直没有放弃他的摩托车梦想。他在放羊时，那奔跑的羊群，在他眼里不知不觉就变幻成了飞驰的摩托车队。他站在羊群中，做出骑摩托车的姿势在堤坝上飞驰。

这个星期天，马槐正在做作业，清河突然冲进来，兴奋地大喊："好消息！"

"清河哥，啥事呀？"马槐迎上去问。

"一个车友告诉我，明年春天河滩举行的摩托车越野赛增加了业余组比赛，到时候会有很多像我这样的业余爱好者参加。我无论如何都要参加这次越野赛。"

马槐知道，这对喜欢摩托车的清河来说的确是一个天大的好消息。

可是，清河脸上的笑容立刻被愁容取代了。

"现在最大的问题是摩托车，如果有一辆新摩托车就好了。"清河说。

院子里墙边停靠的那辆摩托车掉光了油漆，显得十分破旧。马槐指着那辆摩托车问："那辆车不能用来比赛吗？"

清河说，那辆破旧的摩托车是从一个车友那里买来的二手车，破得不能再破了。这辆旧摩托车无论是动力还是速度都难以提升，平时一个人练习还勉强用用，根本上不了赛场。

明年春天的越野摩托车比赛彻底点燃了清河想拥

有一辆越野摩托车的梦想。

他想象着自己在赛场上的风采，甚至想象过自己一路过关斩将，取得冠军的情形。

马槐知道清河一直在想办法筹买摩托车的钱。他曾多次就买摩托车的事情试探过父亲的意思。父亲说，他在新闻上看到过有年轻人在马路上飙车撞在了电线杆上，差点儿要了那位年轻人的命。真是不得了。

清河心里清楚，虽说买辆越野摩托车对父亲来说并无压力，但父亲从来不支持清河摆弄摩托车。在父亲眼里，摩托车就是一辆交通工具，拿两万多块钱买一辆一点儿也不实用的摩托车简直是吃饱了撑的。

清河板着脸说："如果买不了摩托车，我就跟着别人去省城打工，挣了钱自己买辆新摩托车。"

"你有能耐你就去吧。"严方说。

"清河还是个孩子，咋这样说他呢。"马槐的母亲说，"清河呀，听你爸的话，你去省城，家里那么多羊咋办？再说了，外面挣钱哪有那么容易呀。"

"你们都不要管，摩托车我买定了，钱我自己想办法！"清河提高了嗓门儿。马槐从没见过清河发那么大的火。

清河气呼呼地冲出了房间，冲出了院子，冲向了河滩。马槐见状赶紧追了上去。清河一个劲儿地往前跑，紧追不舍的马槐累得气喘吁吁，上气不接下气。

马槐一直追到黄河边的老船旁，清河才停下来。清河也许是跑累了，一屁股坐在了老船上。马槐觉得自己要散架了，也瘫坐在了清河旁边。两个人呼哧呼哧喘着粗气，谁都不说话。清河一直望着远方，马槐发现他的眼角泛着闪闪的泪花。空中有飞鸟鸣叫着掠过，打破了清河和马槐之间的宁静。

马槐说："清河哥，我想问你，摩托车比赛对你来说那么重要吗？"

清河沉默了很久，说："你不懂，我喜欢摩托车就像你喜欢鸟，就像你想当'护鸟天使'是一个道理。"

清河的这个比喻让马槐顿时明白了：是呀，每个人都有每个人的爱好和追求，从来没有是非对错。马槐打心底想帮助清河实现自己的愿望，可是他自己还是一个孩子，真的无能为力。

"我想我妈了，如果我妈还在世，她一定会支持我参加越野比赛……"清河的两滴泪珠突然落在了胸前。

马槐听后，心里五味杂陈。清河的话让他想起了自己的父亲。

清河从老船上跳下来，沿着黄河小道往前走去。马槐拉住清河的胳膊，问："哥，你要去哪里？"

清河不说话，只顾着往前走。他的脚步越来越快，似乎浑身充满了力量，没有一点儿倦意。马槐紧紧跟着他，仿佛清河会走丢一般。清河拐了一个又一个弯，过了很久到了一片麦田里。麦苗泛着油油的绿，预示着收获和希望。麦田里扣着七八个坟头。清河朝着坟头走，马槐紧跟在后面，心里发慌。大部分坟头上长满了荒凉的茅草，只有一个坟头上寸草不生，干干净净。清河走到这个坟头前，扑通一声双膝跪了下去。

"妈，我好想你。要是你不走该多好……"

马槐看到眼前的一幕潸然泪下。清河趴在母亲坟前号啕大哭。远处有乌鸦掠过，让眼前的一幕显得更加凄凉。马槐盯着清河，双膝竟然也情不自禁地跟着跪了下去。清河哭，马槐也哭。他伸出手去拉清河，清河久久不愿起身。马槐紧紧抱着清河，却不知该说什么。茫茫麦田里两个人如两尊雕像，一动不动。

天色渐渐暗了下来，清河失魂落魄地往家走。马槐说："哥，我以前跟我妈说过你喜欢摩托车，她也打心底支持你，我回家再和我妈说一声，让她跟严叔好好商量一下，说不准严叔就同意了呢。"

清河连连摇头说："不用了，不用了，我自己会想办法解决的。"

"你能有什么办法？"

清河望着飞过的鸟没有回答。

吃晚饭的时候，清河在饭桌上说："我决定了，我要去打工。"

马槐放下碗筷，问："清河哥，你真的要去吗？"

严方问："去哪里打工？"

"有朋友在县城给我介绍了一家饭店，饭店需要服务员。"

严方呷了一口酒，沉默了一会儿，说："你一心想去，就去吧，你去过了才知道外面的世界到底是啥样子。"

清河心里憋着一股气，听不进父亲的劝说，决意要去县城。可是，自己走了，家里的羊群怎么办？他找到马槐和他的母亲，委托他们帮自己照管一段时间羊群。尽管马槐和母亲满口答应，清河仍不放心。于是他连夜把照顾羊群的注意事项写在纸上。比如，什么时候带它们放风，什么时候喂水，哪只羊最贪吃，哪只羊脾气倔，哪只羊最听话等，密密麻麻的小字，竟写了满满当当两页纸。

那是一家刚开业的饭店，客流量不多，为了应付房租和人工工资等必要的开销，老板每天都在绞尽脑汁地想对策让生意好起来。清河当服务员，负责端菜和厅堂的卫生，不忙的时候在后厨给厨师打下手。老板给清河开的工资不高，他不知道要做到什么时候才能挣到买摩托车的钱。

清河去县城后，马槐心里一直惦念着清河。他甚至央求母亲出钱给清河哥买一辆摩托车。

让马槐想不到的是，一个星期后，清河从饭店回来了。更令马槐想不到的是，清河是骑着一辆崭新的摩托车回来的。那辆摩托车和清河房间海报上的高度类似，一看就很专业。清河兴致很高，脸上满是欢喜。他双腿跨在摩托车上，使劲儿空踩油门，制造出轰隆隆的巨响，似乎是在故意引起大家的注意。

马槐最先看到了清河和摩托车。

"这是谁的摩托车？"

"我骑来的，你说是谁的？"清河语气里带着几分调皮。

"你的？"

"我的，我刚买的。"

"你哪儿来的钱？你去饭店才几天，就挣到买摩托车的钱了？"

清河说是马槐的母亲给了他一部分钱，这些钱足够买一辆普通的越野摩托车，但是清河心气高，攀比心重，想要一辆更好一点儿的摩托车。

"为了买这辆车，我又向朋友借了钱。"清河说。

马槐从没听清河说过有朋友，并且是个能借给清河钱的朋友。马槐没有再说话。清河看出了马槐的疑惑，便解释说："去年我在河滩牧羊时认识了一个牧羊人，他放羊整整十年了，养了一百多只羊，他的羊个个肥壮得像牦牛一样。我俩第一次见面就聊得很投机，后来见的次数多了，就成好朋友啦。"

"清河哥，这辆摩托车比你那辆破的气派。"

清河拍着车把，说："那是肯定的呀。这辆什么价格，那辆又是什么价格，根本没有可比性好不好！"

"走，哥带你去兜兜风。"话音刚落，清河就把马槐拽上了摩托车后座，然后把一顶头盔塞到他手里，另一顶头盔戴在自己头上。

清河俯身趴在摩托车上，启动马达，挂档，踩油门，加速，再加速……马槐心跳骤然加速。虽然戴着头盔，但还能听得到耳旁的风呼呼作响。摩托车的速度让马槐头晕目眩。清河却越开越兴奋，丝毫没有停下来的意思。摩托车路过崎岖不平的路段颠簸得厉害，后座上的马槐差点儿摔下来。他吓得双手紧紧抓住清河的衣服。

清河把摩托车停在堤坝上，路过的人都围着摩托车观赏。清河脸上写满了骄傲与自豪。

一天下午，河滩上刮起了一场大风。大风把小树苗吹得东倒西歪，把大树树梢吹得左摇右摆。马槐经过一棵梧桐树时，一个黑黢黢的东西从大树上落了下来，掉在马槐跟前。马槐吓了一跳。

哦，是一个空鸟窝。

马槐决定帮助鸟儿把鸟窝重新放回树上去。

马槐带着鸟窝小心翼翼上了树。马槐爬树的本事大得很，哧溜哧溜不大一会儿整个人就站在树杈上了。他把鸟窝卡在原来的位置。站在树上，周围的风景一览无余，他想好好欣赏一下河滩的美景。马槐看到不远处的小河边有一个熟悉的人影。他仔细看了看，哎哟，那不是清河吗？他那身藏青色的大衣，那乱糟糟的头发，没错，一看就是清河。

清河站在那里左顾右盼，似乎在等人。清河在等谁呢？马槐心里充满了疑惑和好奇。

马槐坐在树杈上静静地观察着清河的一举一动。

不大一会儿，一位矮矮胖胖穿黑色条纹棉衣戴

鸭舌帽的男人走了过来。他似乎刻意把鸭舌帽压得很低，刻意用围巾把下巴遮挡得严严实实。男人先和清河交谈了几句，环顾四周无人后，随即从口袋里掏出一个包裹得严严实实的东西递给清河。清河却并没有伸手去接，他双手悬着犹豫不决。可是，最终他还是把它接过来装进了自己的口袋。

那个人是谁呢？他交给清河的又是什么呢？马槐心里打了一连串问号。难道就是清河说的那个牧羊的朋友？但从那个人的穿戴打扮和气质来看，他并不像牧羊人哪，倒像个游手好闲不务正业的人。

清河和鸭舌帽男人都鬼鬼祟祟，都表现出谨慎而又可疑的样子。这愈发让马槐觉得好奇。他们到底在干吗呢？马槐是个好奇心特别强的人，对于这样的事情，他不查个水落石出，决不会罢休。

"嘻，我真笨，问一下清河哥不就知道了吗？"马槐自言自语，"哦，不行，不能问。如果是什么见不得人的事情，清河哥绝对不会说真话，反而会打草惊蛇。"

晚上，他仔细观察着清河的一举一动。可是，并没有看出什么异常。他想问一下清河那个戴鸭舌帽的男人是谁，给他的那包东西又是什么。可是，话到嘴边又咽了下去。他告诉自己不要急，忍一忍，继续观察几天再说。

崭新的摩托车买来了，但清河似乎并没有想象中的开心，他看上去一直忐忑不安。马槐晚上常常看到清河三更半夜爬起来坐在院子里抬着头向高空张望。

马槐爬起来陪清河坐着。清河问马槐："你说，鸟会哭吗？"

马槐望着天空没有说话。清河又问马槐有没有看到过鸟哭泣。马槐摇摇头说不知道。清河说他见过鸟哭泣，它们哭起来和人一样，很伤心很难过。马槐不明白清河为何会突然问自己这种稀奇古怪的问题。

马槐对于清河的那笔用来购买摩托车的钱，心里一直充满了好奇和疑惑。那个戴鸭舌帽的人给清河的东西也像一团疑云始终笼罩在他的头顶。

星期天，马槐在家中打扫卫生。他在清河床下的一个黑色塑料袋里发现了一根地鹋的羽毛。袋子里怎么会有地鹋的羽毛？那个偷鸟的人难道是哥哥？天哪！天哪！怎么会有这样的事情？想到这里，马槐突然蹲在地上哭了起来。可是，他又觉得，尽管清河很可疑，光凭这根羽毛并不能说明清河就是那个偷鸟的人。

当天晚上，马槐做了一个奇怪的梦。梦里，清河把两个捕猎夹藏在一片茂密的草丛里，然后悄悄躲在一棵大树后面等待着野鸟上钩。清河满心期待的样子让马槐想起以前自己钓鱼时的情景。

没多久，附近突然传来了细微的脚步声。清河伸出脑袋悄悄观察周边的动静。他看到一只长相奇特的野鸟出现了。让人感到惊奇的是，这只鸟像人一样高大。它的翅膀上长着漂亮的虎纹羽毛。马槐惊得目瞪口呆，他从来没见过如此高大如此美丽的鸟。

那只鸟走路跌跌撞撞，像是喝醉了酒。看它走路的姿势，像是误食了人类投放的毒饵。大鸟一步一步向捕猎夹靠近，清河兴奋地握紧了拳头。马槐望着大鸟，忽然发现这只大鸟看上去有点儿像地鹨，严格来说是放大几倍后的地鹨。

马槐怕大鸟掉进清河设下的陷阱，准备大叫一声，让地鹨停下脚步。可是，就在马槐准备呼喊时，突然传来"啪"的一声巨响——捕猎夹被大鸟触动了机关。大鸟惨叫一声，一只脚被紧紧夹住了。它拼命挣扎，却无济于事。

大鸟眼睛里流露出恐惧、紧张和绝望。

马槐看见大鸟的脚被猎夹夹出了一道伤痕，难过地哭了起来。哭着哭着，他从睡梦里惊醒了。隔壁房间的清河听到马槐的哭声，赶紧跑过来。

后来，马槐又做了一个奇怪的梦。梦里，村庄的人一夜之间都变成了长相奇特的鸟。他们拥有了鸟一样的羽毛和翅膀。一场"人变鸟"的瘟疫像魔咒一般

第七章 越野摩托车

开始在村里迅速蔓延。每个呼吸过村里空气的人都变成了鸟，都长着又长又尖的鸟喙，胳膊都变成了翅膀。

而与"人变鸟"相反的是，另一场"鸟变人"的瘟疫也同时蔓延开了。河滩上的野鸟们一夜之间变得像人一样，它们穿着人们的衣服，霸占了人们的房屋和粮食。它们开始驱赶人们离开他们的家园。

马槐哭得泪水涟涟，无比伤心。他哭着哭着惊醒了。

第八章

红袖章

第八章

红袖章

寒假前那个星期一，麻雀小学突然下了通知，说是麻雀小学即将开启寒假生活，"护鸟天使行动"也要马上开展了。按照范校长的意思，为了引起大家对"护鸟天使行动"的重视，学校会在放寒假前举行一场隆重的动员大会，也就是开幕式。范校长还说："开幕式不仅会邀请麻雀小学的学生家长，还会邀请镇林业站的吕站长、河滩候鸟保护站的周站长和老白参加。"

消息一出，六年(1)班的同学们心里犯了嘀咕：自己班的"护鸟天使"人选还没定下来，怎么就举行开幕式了呢？面对大家的质疑，杨老师很快以实际行动给出了回应。

范校长发布通知的当天下午，杨老师找到白藕说："白藕同学，你听好了，杨老师现在告诉你一个好消息。"

"什么好消息？"白藕疑惑地问。

"是这样的，经过我们几个老师的观察和研究，我们决定六年(1)班的'护鸟天使'由你来担任。"杨老师盯着白藕说道。白藕从他的眼神里看出了对自己的信任。

白藕听到这个消息先是一愣，脸上却并没有杨老师预料的那种兴奋和惊喜，反而显得紧张、慌乱和不安。白藕觉得，这一定是爷爷跟范校长说了情，不然"护鸟天使"怎么就突然由自己来担任了呢？爷爷呀爷爷，你这不是在帮我呀，是在让我难堪哪。通过这样的方式成为"护鸟天使"也太没颜面了。白藕顿时很生气，他甚至在心里埋怨起爷爷来。

杨老师端起茶杯，喝了一口茶，问："我说，白藕，我看你怎么不高兴呢？听到这个消息应该满心欢喜才对呀。"

白藕对杨老师说："杨老师，我、我不想当'护鸟天使'，还是让马槐来当吧……"

杨老师感到奇怪，之前白藕和马槐两个人为了"护鸟天使"争得不可开交，两个人每天刻苦做功课，现在怎么相互谦让起来了呢？

杨老师问："白藕，你给我说说，为什么不愿意当'护鸟天使'？这是你的真实想法吗？"

白藕低着头不说话。

后来，抵不住杨老师再三追问，他才说出了自己的真实想法。原来，白藕觉得自己的父亲身上背负着关于偷鸟的流言蜚语，自己根本没有资格做这个光荣圣洁的天使。

杨老师哈哈一笑说："让你当你就当。再说，人家林业站的吕站长和候鸟保护站的周站长都说了，没有确凿的证据证明你父亲盗猎地鹬。这方面你放心吧。还有，马槐那里你不用担心。"

白藕仍旧低着头不说话。

杨老师担心白藕有顾虑，便叹了口气说："我也不隐瞒你了，是人家马槐主动退出竞选把机会让给你的。"

白藕听了大吃一惊。马槐主动退出竞选？马槐怎么会主动退出竞选？不可能，绝对不可能！

杨老师似乎看出了白藕的疑惑不解，又解释说："杨老师给你一万个保证，这真是他本人的意思。"

后来的事实证明，的确是马槐主动退出了"护鸟天使"的竞选。

前几日，马槐找到杨老师说自己想通了，决定退出"护鸟天使"的竞选。杨老师惊讶地问："哎呀，马槐，这是你真实的想法吗？"

马槐点点头肯定地说："是的，我说话算数，我退出了，让白藕来当吧。白藕比我更适合。"

那天，放学的路上，白藕遇到了马槐。马槐站在路边的柳树下，似乎是在有意等白藕。当白藕经过马槐身旁时，马槐叫住了白藕。

"白藕，你等一下。我、我有点儿事跟你说。"

白藕停下来，把目光转向远方，故意做出一副心不在焉的样子。

马槐继续说道："杨老师告诉你了吧，我退出了'护鸟天使'竞选，我觉得你比我更适合。加油！"

马槐说完继续往前走了。白藕站在原地，耳边还在回荡着他的那句话。原来杨老师说的都是真的，并不是爷爷帮自己求情，看来真的错怪爷爷了。可是，这个马槐究竟是为何要退出呢？白藕边走边想马槐退出竞选的缘由，走到家门口也没想出个所以然来。

一夜之间，整个班级的同学都知道了马槐退出"护鸟天使"竞选的消息。一时间大家都议论纷纷。

都说好端端的，马槐为什么要退出竞选呢？这里面到底隐藏着什么不为人知的秘密？没有人能猜出一个合理的缘由。

白藕没办法，只得听杨老师的话担任"护鸟天使"。白藕当选"护鸟天使"这个爆炸性的消息瞬间传遍了麻雀小学。

大家都议论纷纷，说白藕家里出现过三根羽毛和捕猎夹，就算鸟类知识懂得再多，再喜欢鸟，怎么能有资格当"护鸟天使"呢。

这些闲言碎语传到白藕的耳朵里，他更加沮丧了。他再次找到杨老师，说什么也不当"护鸟天使"。

杨老师好几次开导白藕："老师让你当自然有其道理，不要有太多顾虑。"

经过杨老师的一再开导，白藕渐渐接受了当"护鸟天使"的事实。

马槐的"主动让贤"并没有打动白藕。马槐尝试

着主动接近白藕，可白藕看他时脸色还是冷冰冰的，像看到了陌生人一般。白藕仿佛对之前的"考试事件"依旧不能释怀。

清河和鸭舌帽男人偷偷摸摸的碰面，家里发现的地鹬羽毛和最近常做的那个可怕的梦，都让马槐觉得清河最近的行踪非常可疑。他高度怀疑偷地鹬的人就是清河，这也是他主动退出竞选"护鸟天使"的原因。但是马槐并不清楚他在怀疑清河的那一刻，就已经泄了气，虽然这件事没人知道，但是他内心纯洁，会发自本心地觉得自己不应该再继续下去。这一刻，马槐的心境与白藕是一样的，只觉得自己应该退出。

马槐的心态和态度也在渐渐发生着变化。虽然他心甘情愿地把当"护鸟天使"的机会让给了白藕，但仍觉得有愧于白藕。既然千错万错都是自己和哥哥清河的错，自己就没有理由不给人家白藕道歉。想到这儿，他主意已定。

可是，他又觉得面对面给白藕道歉难为情。万一白藕对自己不理不睬不原谅，那岂不是很没面子？该怎么办呢？思来想去，他决定以写信的方式跟白藕道歉。

有一天的课间，白藕无意间在课本里翻到一封信，信封是用白纸折成的，信封的一角用红色铅笔画着一颗歪歪扭扭的爱心，看上去倒像是一个熟透的红苹果。信封正中间写着"道歉信"三个字，字体很粗很显眼，似乎是用黑色圆珠笔描了好几遍。白藕打开信封，里面是一封用作业本上撕下来的纸折叠成爱心的信，爱心形状折叠得整整齐齐一丝不苟。白藕小心翼翼地拆开信，信第一句话是："白藕，对不起，我错了。"

白藕看了看落款处是马槐的名字。马槐平时做作业的字体是有目共睹的潦草，老师们说如果不仔细辨认很难看懂。但他这封道歉信写得却极其认真，每个字都一笔一画，端端正正，有板有眼，可见他对这封信有多重视。

信的内容写得很诚恳。马槐说自己考试时不该向白藕扔纸团。他深深认识到了自己犯下的错误，请求白藕原谅自己，无论如何一定要原谅自己。马槐保证类似的事情以后绝不会再发生了。

白藕看完信发了一会儿呆，然后把信拿在手里折来折去，不经意间手里出现了一架纸飞机。

窗外，湛蓝的天空下有几只鸟拍打着翅膀飞向了远处。白藕走到窗口，他使劲儿把飞机扔出了窗外。纸飞机随着气流盘旋着上升，在空中打了个转儿后又缓缓平稳地滑向远方。这时候，赵小兵刚好走过来，看见了那架从窗口飞出来的纸飞机。他停下脚步，纸飞机围着他绕了一圈，终于慢悠悠地落在了他的跟前。赵小兵捡起纸飞机，在尾翼上看到了马槐的名字。

他拆开信，知道了马槐给白藕道歉的事。于是，顷刻之间全班同学都知道了马槐给白藕写道歉信的事。

大家都争着抢着看马槐的那封信。自己的道歉信被大家争相传阅，马槐心里说不出的难过和无奈。

大家都很好奇，按照马槐的性格和脾气，他是不会轻易服输的，他怎么会主动给白藕认错道歉呢？

马槐觉得这封道歉信足以证明自己的诚意。可是这招儿并不奏效，白藕仍旧对其不理不睬。白藕以为马槐又在耍花招，他心想：马槐是不是用退选，让自己这个本不该成为"护鸟天使"的人，在同学们面前难堪。写道歉信这件事，还让同学们知道了，无非又是一次要捉弄自己的把戏吧。可是，白藕并不知道马槐道歉的真正想法。

开幕式在放假前一天的下午如期举行。午饭过后，操场上陆陆续续坐满了家长和同学。家长们整齐划一地坐在左边，同学们坐在右边。白藕的母亲也来到了现场——碍于白藕父亲的事情，白藕原本是不愿让她来的，可是她怕委屈了白藕，无论如何都坚持要来。

活动马上就要开始了，白藕开始感到浑身不自在，那感觉就像考场上监考老师紧盯着自己一样。

范校长走上主席台介绍了一下参加开幕式的嘉宾，然后开始讲这次活动的重大意义。最后，范校长语重心长地说："这次筹备已久的冬令营活动，是个很好的锻炼机会，我希望大家都认真对待。这次活动也得到了咱们河滩几个村村委会的大力支持，他们会积极配合我们开展好这次活动。"

接下来发言的是候鸟保护站的周站长和镇林业站的吕站长。周站长首先给大家普及了一些鸟类常识和野生鸟类保护法，后来又讲到应该怎样保护鸟类。吕站长表达了镇林业站对这次活动的重视。最后他倡议家长拉起孩子的手，做一个小小的互动。

互动环节结束，范校长说："今天还有一位神秘的朋友来到我们开幕式现场。他有些话对他的儿子说，对各位同学说……"

范校长话音刚落，一个穿蓝色羽绒服的男人从后台走了上来。这个人让白藕心里猛然一颤，他以为自己看错了——是他的父亲。他揉了揉眼睛，再仔细看，没错，确实是自己的父亲。父亲怎么会突然出现在这里呢？他以为是幻觉，于是他使劲儿在自己胳膊上拧了一下，很疼。看来这一切并不是幻觉，是真真实实正在发生的事情。难道学校要把父亲当反面教材吗？

父亲走上台，十分镇定地扫视了一下台下。台下一片安静，一双双眼睛紧盯着他。

父亲说："我是六年(1)班白藕同学的父亲……"

白藕父亲的一句话引得台下一片哗然。

范校长敲着桌子说："安静，安静，大家请安静……"

台下瞬间安静了。

父亲接着说："很多同学都知道我是个'偷鸟贼'。今天我能出现在这里，说明这是一场误会，我不是'偷鸟贼'，我是被栽赃诬陷的。"

台下顷刻之间又泛起了阵阵议论声。

"今天，我就是想告诉同学们，我，白藕的父亲，没有偷鸟。至于偷地鹬的人是谁，我相信真相一定会浮出水面。偷地鹬的人还在逍遥法外，但法网恢恢，疏而不漏，即使他跑到天涯海角，我们都能把他找到。"父亲激动得语无伦次。

台下又是一片哗然。

白藕眼睛瞪得溜圆，他不敢相信眼前的一幕，更不敢相信父亲所说的每一个字。但这句话确确实实是从父亲嘴里说出来的。白藕相信父亲说的每个字都是真的。在大庭广众之下，父亲怎么会说谎呢？

"这些日子，我儿子白藕受了很多委屈。今天我来的目的就是告诉大家，白藕的父亲是清清白白的。所以，我希望大家能继续和白藕做好朋友。好吗？"

"好！"台下观众不约而同地喊道。

"借这个机会。我希望同学们都爱护鸟，爱护野生动物，不要伤害它们，即使它们误入我们学校，我们也不要驱赶它们，它们是人类的好朋友。我们换位思考一下，如果我们是鸟类，它们是人类，它们如果伤害我们，我们是不是很痛苦呢？"

父亲讲得很动情，台下响起了雷鸣般的掌声。

白藕低着头，在热烈而经久不息的掌声中，泪水哗啦啦流淌下来。坐在他身边的黑铜赶紧用袖子给他擦拭。

白藕的母亲被这个突如其来的惊喜搞得不知所措。她一会儿哭一会儿笑。她紧紧抓住了白藕的手，小声说："我就知道你爸不是'偷鸟贼'。现在，总算真相大白了……"

父亲走下主席台，抱了抱白藕的肩膀。白藕感受到了一股力量紧紧包围着自己。这种力量里包含着父爱、理解、温暖、感动和满满的安全感。白藕心里的那个结因为父亲的到来豁然解开了。阳光从乌云后面钻了出来，他看到的是无比辽阔的天空。

后来，麻雀小学的同学们才知道，经过仔细走访

调查，白藕的父亲并不具备作案时间，不是真正的偷鸟贼，而是真的被人栽赃诬陷的。那么，候鸟保护站的人在他家的红薯窖里搜出的三根羽毛和捕猎工具又该怎样解释呢？原来，是有人把这些东西偷偷放进了他家的红薯窖里。况且，有人说一天晚上看到有个戴头盔的人鬼鬼祟祟地在白藕家附近徘徊。那个戴头盔的人极有可能就是栽赃的人，也就是把三根羽毛和捕猎工具放在红薯窖里的人。

可是，诬陷父亲的是谁呢？周站长说，真相总有一天会水落石头。

父亲被排除偷鸟的嫌疑后主动找到范校长，他要求在开幕式上解开这个谜团，也帮白藕解开这个心结。他要告诉大家白藕的父亲是清白的，因为他知道自己的儿子这些日子受了太多的委屈。

最后，范校长让每个班的"护鸟天使"上台宣誓。

轮到白藕时，他心里五味杂陈，说不出的感受。

台下的人都热烈地鼓掌。他的双眼渐渐模糊，只听得掌声此起彼伏，一直停不下来。白藕看到了台下的父亲朝他竖起了大拇指。

白藕的嗓子仿佛被什么东西堵住了，说不出一个字。

范校长看到白藕一时难以平静下来，便接过话筒，说："白藕同学太激动了，我知道白藕同学非常喜欢鸟，我们相信他在不久将要开展的活动中会有非常出色的表现。"

镇林业站的吕站长亲自给白藕戴上红袖章。抚摩着胳膊上鲜红的红袖章，白藕心里百感交集。

吕站长说："从今天开始，你们正式成为我们麻雀小学的'护鸟天使'，希望你们带领同学们多传播护鸟爱鸟知识，保护好咱们河滩上的每一只可爱的鸟儿。"

第九章

天使行动

第九章

天使行动

活动开始前，杨老师需要在周站长的协助下完成一项重要任务：给麻雀小学的学生们普及爱鸟护鸟知识和野生鸟类保护相关法律知识。在大家看来，这的确是一个非常重要的任务。时间短任务重，这可忙坏了他。那几天，他一趟一趟跑图书馆，跑书店，跑候鸟保护站，上网查阅相关资料，然后一字一句地摘抄。为了能让孩子们和河滩的人听得懂，还要把这些知识点"翻译"成浅显易懂的方言。

杨老师从小在黄河滩外长大，不太懂这里的方言，就让白藕帮忙翻译。

"老师，您知道'小小虫'是啥鸟吗？"白藕问。

杨老师说不知道。

"'小小虫'是麻雀。"

"那猫头鹰呢？"杨老师问。

"猫头鹰在我们这里叫'夜猫子'。"

杨老师觉得有意思，跟着学起来："哦，夜……猫……子……"

"对对对。夜猫子……"

两个人哈哈大笑。

杨老师把护鸟知识和法律知识整理好后，连夜油印成了一本本巴掌大的小册子。

"同学们，我们要求大家每天都要学习小册子上的知识点，力争达到会背诵，能脱口而出，张口就来。能不能做到？"

同学们异口同声地回答道："能做到！"

"好，咱们就这么办。现在，我把资料发给大家，人手一本。"

寒假开始后，"天使行动"轰轰烈烈地开展起来了。

让白藕更加高兴的是爷爷老白也参加这次活动。爷爷能和自己一起参加活动，白藕心里自然十分高兴。天还没亮，老白就起床收拾东西了，他似乎比白藕还兴奋。

按照活动安排，这次活动以班级为单位，将全校所有参加活动的班级分成十二个组。每个组由班主任带队，到河滩不同的地方完成活动任务。

白藕和马槐这两个爱鸟的孩子还是水火不容。杨老师觉得"一山不能容二虎"，如果他们两个在一起肯定会矛盾重重。于是，他灵机一动，把六年(1)班这个组又分成两个小组：一个是以白藕为代表的"普法宣传教育小组"，主要负责爱鸟护鸟知识和野生鸟类法律的宣传；另一个是以马槐为组长的"野外探险小组"，主要负责在附近寻找鸟网、捕猎夹、毒饵等盗猎者布下的陷阱。

马槐刚开始是惊喜，静下来想到清河时，又觉得有点儿难过和伤心。

六年(1)班被分派到河滩的南边几个村子里。老白说："这片村子历来盗猎成风，很多人不工作，又好吃懒做，专靠盗猎为生，也有很多鸟贩子专程从很远的地方来这里收购野鸟。"

在这些第一次参加野外护鸟活动的孩子看来，校外的世界比教室里精彩有趣。以前，候鸟归来时，白藕和黑铜肩并肩坐在河滩上看黑压压的鸟群在头顶上空来回飞翔。他们张开双臂，想象着自己是在高空中翱翔的鸟。有时候有鸟会拉下一坨鸟粪，不偏不倚落在白藕和黑铜脸上，他们却不恼不火，望着对方哈哈笑个不停。

出发前，范校长警告大家："同学们，这次活动并不是大家想象的玩耍，而是一次学习，一项实践活

动。说白了，这次活动是学校统一布置的特殊寒假作业，既然是寒假作业，就要保质保量完成。"

老白也告诉孩子们，野外活动并不比在学校轻松自在，要时时刻刻做好吃苦的准备。的确，这个寒假，老师们没布置课本上的作业。班主任说"天使行动"就是最好的作业。等到活动结束，每人都要写心得体会。

范校长在镇上制作了大量宣传条幅。条幅红底白字，看上去十分醒目。条幅上的很多内容是白藕参与创作的。为写好宣传标语，他查字典，翻资料，可谓绞尽了脑汁。白藕对自己要求很严格，他力求每一条宣传标语都写得精彩。

范校长看了白藕写的标语内容，点头说写得生动活泼，让人一眼就能记在心里。比如，"鸟鸣是清晨的闹钟，提醒我们去播种""关爱小鸟生命，共建美好家园"等。

河滩南边几个村的村委会提前在村口迎接。领队老师和村委会寒暄几句过后，活动就正式开始了。

活动开启时，杨老师让所有同学用签名笔在一条红色宣传条幅上签名，并写下自己的寒假目标和护鸟誓言。

按照活动计划，要把这些宣传标语悬挂在村庄和野外的各个角落。周站长指导大家说："同学们，挂条幅要选择那些人流量大的地方，比如十字路口、集市上、村民的房屋山墙上及两棵大树之间。这样看到宣传条幅的人才多，看到的人多才能起到最佳的宣传效果。"

把宣传条幅挂在墙上还好，找一架梯子或者踩着凳子就能解决，可是挂树上就比较麻烦了。好在黑铜和芦大苇是爬树高手，悬挂宣传横幅标语的任务就落在了他们两个人身上。两个人把红条幅的两端各自系在腰上，然后抱着树往上爬，一直爬到树杈处。他们把腰间的条幅解下来系在粗大的树枝上。有时候他们会在树杈上发现硕大的鸟窝，他们也小心翼翼地尽量

不去打扰鸟儿们的生活。

那几天，村里的墙上、大树上都挂上了红色的宣传标语。远远望去就像一面面鲜艳的红旗，十分引人注目。可是，第二天，大家发现辛辛苦苦挂上去的宣传条幅不见了。

有同学说："是不是昨晚被大风吹跑了？"

"按道理来说，如果是风吹掉的话，一定能找到落在地上或者挂在树枝上的条幅。可咱们找遍了村庄的角角落落都没有发现条幅。我觉得条幅一定是被人为破坏掉了。"白藕说。

"那是谁破坏掉的？"赵来生问。

黑铜叹了口气，说："这还用问，肯定是偷鸟的人。"

于是大家都纷纷指责偷鸟的人。谁都没想到条幅会被破坏，劳动成果就这样化成了泡影，大家的心情都很沮丧。

白藕带着大家一起想办法出主意。芦大苇突然兴奋地说："我有个好办法！"

白藕迫不及待地问："啥好办法？快说出来听听。"

"你想啊，条幅能扯下来，如果把宣传标语写在墙上就扯不下来了吧？"芦大苇说。

"你是说把宣传标语写在墙上？"白藕问。

"是呀。"

"嗯，这的确是个好主意。可是那么大的字我们怎样写？再说写得歪歪扭扭，像什么样子？"赵小兵托着下巴说。

"我们要找个字写得好的，谁的字写得标准好看呢？"黑铜说。

"这还用问吗？当然是杨老师呀。"芦大苇说，"我想了，就让杨老师先用铅笔在墙上勾好字的轮廓，然后我们用白色的石灰在轮廓里面涂上白色。"

杨老师的板书在全县有名。在前不久全县举办的教师板书比赛中，他拿了全县第一名。县里奖励的

印有"教师标兵"的搪瓷杯就是最好的证明，最好的"奖杯"。

白藕重重地拍了一下芦大苇的肩膀说："哎呀，你小子还真有办法！咱们就这么干！"

芦大苇挠着头笑着说："以前我在电视上见过人家在墙上写宣传标语。"

大家都说这个办法好。于是，大家找到杨老师，说："杨老师，我们想让您在墙上写宣传标语。"

杨老师听了，愣了几秒钟，说："写什么宣传标语？"

芦大苇给他解释了大家的想法。

杨老师笑着说："你们哪，鬼点子不少哇。"

村委会主任听说要在墙上写标语，说："写吧，写吧，那些偷鸟的人看到这些警示标语，说不定会良心发现呢！"

杨老师又征询了范校长的意见。范校长也觉得可行。杨老师就把原本宣传条幅上的内容，一个字一个字的轮廓抄誊在墙上。杨老师先是拿根长尺子在墙壁上用铅笔画出一个个大大的田字格。在田字格内，仔细地勾勒每个字的轮廓。轮廓写得横平竖直，每个笔画都俨然像是打印上去的一样。

杨老师每勾勒完一个字的轮廓，孩子们就争先恐后地拿刷子蘸上石灰在轮廓内涂颜色。这活儿看似简单，实则讲究。尤其是涂轮廓边沿和结构转折的地方时，需要十分谨慎耐心，否则会前功尽弃。

对于这种拿着刷子涂涂抹抹的活儿，大家兴致很高，都抢着干争着干。一天折腾下来，孩子们身上都沾满了脏兮兮的白石灰。

那天，黑铜和几个同学在一户人家院墙上写宣传标语时，听到院子里面传来一阵鸟叫声。于是，生性敏感的孩子们顿时警觉起来。他们搭人梯趴在院墙上往里面看。这户人家的院子里面并没人，一棵石榴树上却挂着两只偌大的鸟笼，每个笼子里都有两只上蹿下跳的黄雀。黄雀是保护鸟类，不能笼养。

大家既愤怒又好奇，他们想推门进去一看究竟。可是，门闩插着，进不去。

黑铜翻墙进去，拔开门闩。大家都看到了鸟笼里的黄雀。

黄雀们看到来人，叫得越发欢畅了。

白藕说："你们想过没有，如果笼子里关着的是我们，失去自由的是我们，我们会是什么感受？"

"有个词叫'痛不欲生'，应该就是痛不欲生的感觉吧？"黑铜接话道。

大家决定把那四只可怜的鸟放回大自然。黄雀的叫声引来了鸟主人。他们刚摘下鸟笼，一个老头儿打着哈欠从房间里走出来，他似乎是刚从睡梦中醒来。

"你们是谁？动我的鸟干啥？"老头儿见到有陌生人进来，愣了一下。

"这是你的鸟吗？"黑铜问。

"是呀，在我院子里不是我的是谁的？"老头儿说。

"哪儿来的？"白藕问。

"河滩上逮的。"老头儿说。

"放了它们吧！"白藕说。

"为啥要放了？我费了好大劲儿才逮到的。"老头儿说。

"它们是受保护的鸟，逮鸟违法，养鸟也违法。"黑铜说。

"违法？违啥法？"老头儿说。

黑铜把早已经烂熟于心的条款背诵了出来："根据《中华人民共和国野生动物保护法》第二十七条规定……"

老头儿呵呵笑着说："在这河滩上，很多人祖祖辈辈都养鸟，你们管得了吗？"

白藕又把刚才问大家的话问了一遍老头儿："你想过没有，如果笼子里关着的是我们，失去自由的是我们，我们会是什么感受？"

老头儿说："我天天给它们吃好的喝好的，有啥不自由的？它们日子过得比我还舒坦呢。"

几个人和老头儿理论了半天，直到太阳西下，他都没同意把鸟放飞。杨老师说，对这样的捕鸟人，不能硬来，要晓之以理，慢慢开导说服。

大家没有办法，只能先回去再说。

村里的墙面有限，能写的墙面很快写完了，于是大家又带着扩音器走街串巷挨家挨户地宣传，发放传单。可是，很多人对宣传单不屑一顾，要么置之不理，要么看一眼就随手扔在地上。大家只得把宣传单从地上捡起来。还有些人家一看是一个大人带着一群孩子来宣传，就"砰"一下关上了门。

事情进展没有想象的顺利。正当大家一筹莫展时，有人看到了高挂在树杈上的高音喇叭。那是村委会专门播放通知用的喇叭。赵小兵顿时来了灵感，提议说："咱们可以找村主任，通过村里的大喇叭宣传护鸟知识，这样全村人都可以听得到。"

大家一致赞同赵小兵的意见。

于是，几个人找到了村委会。村主任听说是要用

大喇叭科普保护鸟儿的知识，立马表示支持。

村主任把大家带到村委会办公室，说："你们比我专业，讲吧。讲之前我给你们开个场。"

他打开话筒，坐下来，对着话筒说："村民朋友们注意啦，咱们候鸟保护站的同志和麻雀小学的同学来咱们村开展护鸟宣传活动，咱们得大力支持。现在请他们给咱们讲一讲护鸟的知识。"

那段日子，大家都动脑筋开拓一些新的宣传活动。那天，黑铜突然拍着大腿说他有好办法。赵小兵被吓了一跳，问："黑铜，你吓我一跳，你说说你有什么办法吧。"

黑铜说："咱们敲锣打鼓制造声势在街上表演节目，借着表演的机会向大家宣传爱鸟护鸟知识。这样咱们就不用挨家挨户吃闭门羹了……"

赵小兵考虑了一会儿，说："这倒是个好主意。我们可以试试。"

白藕立马把这个想法向杨老师作了汇报。杨老师一听，也觉得是个很好的想法。在杨老师的带领下，大家立马准备起节目来。于是，平时那些爱唱歌跳舞吹口琴拉二胡会口技懂魔术的孩子统统有了用武之地。

午饭后，大家找到村委会，让村主任在村头的喇叭上吆喝着说街上有节目表演，乡亲们可以去免费观看。黄河滩的村庄平时文艺演出不是特别丰富，村民们一听说村里有节目表演，顿时都来了兴趣，纷纷围观。

首先是赵来生的魔术表演。魔术表演是他的拿手绝活儿。他先是从口袋里掏出一条一尺来长的麻绳让大家看，大家睁大了眼睛看清楚了那确实是一段麻绳。然后他把麻绳放在地上，从口袋里掏出一块红布，盖在麻绳上。赵来生对着红布喊了一句："麻绳，麻绳，赶快走吧。"

这时候，为了保证自己没有动手脚，他故意找了一名现场的观众将红布掀开。可是，令大家感到奇怪的是，红布下面什么都没有。大家觉得这个魔术实在是精彩，都纷纷赞叹着鼓掌。

赵来生又把那块红布平铺在地上，故作神秘地对大家说："这条麻绳去了哪儿呢，其实，它哪儿都没去，它依旧乖乖地躺在红布下面呢，只是你们没看到而已。那么，下面我们就让它现身吧！"

说到这里，大家都以为赵来生会立马掀开红布，可是，他故意卖了个关子，吊起了大家的胃口。没解开谜底之前，围观的人都久久不愿散去。这时候白藕把提前写好的护鸟知识讲给大家听。大家都像教室里的学生，听得十分认真。然后其他同学借这个机会给大家发放宣传单。

黑铜笑着说："这叫插播广告，你没见人家电视上，播放正片的时候，都会时不时来一段广告吗？咱们跟电视上的插播广告是一个道理呀。"

大家听了都点着头称赞黑铜有头脑，以后准是个干大事的人物。黑铜听了红着脸不好意思地笑。

白藕看了赵来生的魔术，惊讶地说："行啊小子，你竟然还会变魔术，跟谁学的？"

赵来生不好意思地说："跟我姑父学的。我姑父变的魔术那才叫专业呢。"

每个人都在为最好的宣传效果绞尽脑汁想办法。那天，大家在西家沟村发现了一个古戏楼。古戏楼台高一米左右，四根粗大木柱的黑色油漆早已斑斑驳驳，散发着历史的味道。村里老人说，这是清代建造的戏楼。以前，每年秋收之后都会在这戏楼上唱大戏。大戏一唱便是三天三夜，引得附近几个村的村民争相观看。

"白藕，你会唱豫剧，你给大家唱一段听听呗。"芦大苇说。

"唱啥好呢？"白藕歪着脑袋思索。

赵来生说："就唱你最拿手的《花木兰》。"

《花木兰》是豫剧名段，家喻户晓，唱起来朗朗上口。白藕走上古戏楼，说："好，那就给大家清唱一段《花木兰》。"

刘大哥讲话理太偏

谁说女子享清闲

男子打仗到边关

女子纺织在家园

白天去种地

夜晚来纺棉

不分昼夜辛勤把活干

将士们才能有这吃和穿

你要是不相信

请往这身上看

咱们的鞋和袜还有衣和衫

千针万线都是她们连

　　大家听后都鼓掌叫好，夸赞白藕唱得字正腔圆，动人心弦。

　　河滩人爱听大戏，尤其是豫剧。白藕说："要不咱们编排一出护鸟主题的豫剧，在这个古戏楼上唱豫剧咋样？这样可以吸引村里人来观看。"

大家纷纷赞同。为此，白藕把爷爷的旧收音机拿出来，和几个同学一起跟着收音机学唱豫剧、编豫剧。

这个破旧的收音机用一根蓝色的细线一匝一匝地缠绕着，仿佛线一断零件就会自动散开叮叮当当地蹦出来。收音机毕竟像老白一样上了年纪，有些零件不太灵光，声音时断时续、时有时无。没声音时，白藕便用手轻轻拍一下，一拍收音机便像被施了法术，声音又会断断续续地跑出来。

编排豫剧哪里如想象的容易呀！赵来生说："我觉得，咱们不如借用一些名段调子，把唱词换一下，大家觉得怎么样？"

经赵来生这么一提醒，大家都说这个主意好。几天后，大家一起编排出了一部护鸟主题的现代豫剧《黄河候鸟飞》，唱词是：

我的大河，你要流向哪儿

能不能带上我

我的鸟儿，你要飞向哪儿

能不能留在这儿

鸟儿啊，鸟儿

你就留在黄河滩吧

黄河滩很美，黄河滩很美

你在这里安家

大家来保卫，大家来保卫

……

范校长觉得六年(1)班的这个方案很有新意，决定在全校范围内大力推广。这时候，那些会才艺表演的孩子们到了一展身手的时候了。他们唱歌的唱歌，跳舞的跳舞，翻跟头的翻跟头。现场热热闹闹，逗得观众很开心。

后来，白藕突发奇想受到启发，既然观众那么喜欢看节目表演，可以编排一场以护鸟爱鸟为题材的小品呀。于是他把自己的想法告诉了杨老师，杨老师一听，觉得十分可行，就立马又上报给了范校长。范校长也觉得这个主意很好，赞许道："用生动鲜活的故事来感化河滩人，这个办法好。六年(1)班的同学肯动脑筋，值得表扬。"

杨老师立马组织了一个护鸟小品编排小组。编排小组由白藕和赵小兵牵头，并负责编剧。于是，两个人不分昼夜地搜集素材创作剧本，然后把剧本讲给大家听，让大家提意见。剧本定下来后，又立马选定演员抓紧时间排练。

不出三天，一出以爱鸟护鸟为主题的小品竟然编排好了。故事讲的是一只热爱自由快乐的小鸟与人类和谐相处最终成为朋友的故事。故事中，一只小鸟在河边觅食时被捕猎夹夹住了，最后成了养鸟人的宠物。小鸟渴望自由，可始终不能如愿。后来黄河发大水，冲倒了房屋，淹没了庄稼，河滩上的人们被困在树上，饿得有气无力。那只鸟化身为凤凰，拯救了黎

民百姓。人们被这只小鸟的行为感化了，最终和小鸟成了好朋友。

范校长听说后特地赶来观看这个小品。范校长被小品深深感动了。他连夜召开紧急会议，号召各班用最短的时间排练这个小品。于是，白藕那几天往返于各个活动点帮助各个班级排练节目。

后来，小品的故事不经意间传到了镇林业站吕站长和候鸟保护站周站长那里，他们特意赶来看了一场表演。两个人对节目和表演都大加赞赏，他们说以后会让这个节目在每年举办的"生态环境保护"晚会上表演，让更多人的心灵受到洗涤。

第十章

河滩上的
鸟展

这天上午，白藕收到了一封来自河滩外的快递文件。文件袋塞满了东西，鼓鼓囊囊的。来信地址是市公园路127号，寄件人是"观鸟人"。

他迫不及待地打开，里面是厚厚一沓鸟的照片。白藕数了数，一共有三十二张。在第十一张和第十二张照片中间夹着一张名片。名片上写着"昌盛冲印店"和一串电话号码。

这些照片深深吸引了白藕。每张照片上面的鸟都不同，有地鹋、白天鹅、苍鹭、牛背鹭、白鹤、灰鹤、白额雁、白鹡鸰、赤麻鸭、豆雁、灰雁、鸳鸯、黑鸢、红脚隼、红隼、鸿雁。鸟儿们呈现出各种各样的姿态，高空翱翔的、捕食的、欢唱的、筑巢的、追逐打闹的……每张都非常精彩耐看。这是河滩的孩子们很少看到过的定格画面。

这份独特的礼物带来的惊喜与感动让白藕久久不能平静。这些照片让他对鸟儿们有了更加深刻的了解和认识。他从心底感谢邮寄照片的人。

但快递文件袋上并没写寄件人的真实名字。这些照片是谁寄来的呢？他拿着照片思来想去，一直猜不出谁是寄件人。吃晚饭的时候，父亲说他最近看到好几位河滩外的摄影师在河滩上拍鸟。他忽然想起上次在河滩上看到的那个拍鸟人老陶。对，一定是老陶寄来的。

白藕很兴奋，决定和同学们一起分享这份惊喜和快乐。他卖关子说他书包里有一个和鸟有关的秘密。大家问他是什么秘密，白藕不肯说，大家耐不住性子，争先恐后地拥过来翻起了他的书包。

白藕招架不住，赶紧示意"投降"，乖乖地掏出照片。大家一看是鸟的照片，都兴奋地争相传阅。看完照片，个个都意犹未尽，问照片哪里来的，还有没有，让他赶紧交出来。

白藕说是一个懂摄影的朋友送他的。

大家又追问："哪位朋友，我们可从来没有听说过你有一个懂摄影的朋友哇。"

白藕说："你们当然没见过，他是河滩外的一个朋友。"

黑铜说："哇，你这个神神秘秘的朋友照片拍得是真不错。如果能把这些照片印在宣传单上，让河滩的人都看到这些漂亮可爱的鸟就好啦。"

这句话提示了白藕。他心里突然冒出了一个大胆的想法：让河滩上更多的人看到这些河滩精灵不寻常的美。

"我有一个想法。"白藕说。

"什么想法？"黑铜问。

"我们可以举办一场以护鸟为主题的图片展览，让咱们河滩更多的人看到这些精彩的照片。用周站长的话说，这叫'唤醒他们爱鸟护鸟的意识'。"白藕说。

黑铜想了想，说："嗯，这个想法不错，不过，这三十二张照片着实少了点儿。"

白藕说："照片嘛……不用担心，我们可以向老陶借。"

"老陶？老陶是谁？"芦大苇问。

"哦，忘了跟你们说，老陶就是寄这些照片的那位摄影师。前些日子，他来咱们黄河滩拍照片，我刚好遇到了他。我想，如果把他的照片借来一用，一定会在河滩上引起轰动。"

芦大苇把举办鸟展的想法告诉了杨老师，杨老师一百个赞成他们的这个提议。

杨老师说："鸟展也是咱们护鸟行动的另一种形式呀。"

得到了杨老师的肯定，大家信心满满，都赶紧让白藕联系老陶借照片。

白藕说："可是，我不知道怎么才能联系到老陶，你们帮我出出主意。"

黑铜说："不是有快递文件袋嘛，快拿出来看看。"

白藕从书包里找出那个文件袋。可是，令他失望的是文件袋上的手机号码只显示后四位。

但是，他从文件袋里摸出一张名片。这张名片是昌盛冲印店里的。这张名片给了大家一线希望。

拿到名片，大家决定去杨老师的办公室打一下试试。由于太激动，白藕拨号码时手颤抖得厉害，连续拨了两次都把数字"9"拨成了"0"。

黑铜说："白藕，你太紧张了，不行的话就让我来。"

第三次电话终于打通了。接电话的是一个女人。白藕心跳加速，迫不及待地问了一句："我是白藕，你们认识老陶吗？"

"白藕？我们是市里的昌盛照片冲印店。你要冲印照片吗？"

白藕立马反应过来，老陶的那些照片有可能是在这里冲印的。冲印店为了便于客户联系和广告宣传，便在照片里附上了一张名片。

既然这些照片可能是在这里冲印的，那么接电话的人就有可能认识老陶。于是，他赶紧问："您认不认识一个叫老陶的摄影师，他拍了很多鸟的照片，是不是在你们这儿冲印的呢？"

"哦，你是找摄影师老陶哇。他经常在我这儿冲印照片。你找他有事？"

"对对对。"白藕看到了一丝希望，心里很激动。

"他这几天没来过，不过我有他的电话，我可以告诉你。"

白藕终于打通了老陶的电话。这三十二张照片果然是老陶寄来的。老陶在电话里很热情。他听说了白藕的这个想法后，立马回复道："这个活动很有意义，照片的事情你们放心，我来提供，并且是提供大尺寸的照片，这样看着才有视觉冲击力呀。"

白藕没想到老陶答应得这么爽快。照片的问题解决了，大家心情都很激动。

杨老师喝了一口水，说："有了老陶的支持，咱们展览就成功了一半。但我觉得光有照片还不够，最好再增加一些其他有意义的展品，这样活动才显得丰富多彩。"

"还需要什么东西？"白藕问。

杨老师说："我是这样想的，你们每人写一篇近期护鸟活动的感受，文字多少都行，但要写出自己的真切感受，然后我们把这些作文贴出来，当成展品的一部分内容。"

杨老师此言一出，一部分同学纷纷响应，表示赞同。还有一部分同学说写作文太难了，怕写不好。

杨老师说："这有啥难的，这次随便写，就写这次参加活动的心得感受，心里咋想的就咋写。"

杨老师又接着说："我还有一个想法。喜欢画画儿的同学可以通过画来表达这次活动感受，咱们也把你们的画作进行展示。"

这次大家不约而同地赞成。

体验过前一阶段的活动后，同学们似乎心里都有很多话要说，洋洋洒洒写得很顺利，没多久便完成了任务。

擅长绘画的同学画了各种各样的鸟。只有黑铜画了一棵干枯的大树，大树上画了一个空的鸟巢。

芦大苇指着黑铜的画，说："黑铜，人家都画鸟，你为何画个鸟巢哇？"

白藕说："这你就不懂了吧，这样的画才寓意深刻，并且让人过目不忘。"

"还寓意，快说说有什么寓意？"芦大苇说。

黑铜说："警告人类要爱护大自然，不然我们以后再也看不到鸟了，看到的只是一个个空巢。"

"嗯，似乎有几分道理。你小子可以嘛。"芦大苇说。

候鸟保护站的周站长愿意以提供鸟类标本的方式对展览支持。

杨老师说："你们都为这次展览准备了'礼物'，我也不能空手。"

大家都期待地问："杨老师准备的什么？"

杨老师没说话，从口袋里掏出了一张纸，纸上写着：

月出惊山鸟，时鸣春涧中。——王维《鸟鸣涧》

杨柳阴浓水鸟啼，豆花出放麦苗齐。——于谦《平阳道中》

众鸟高飞尽，孤云独去闲。——李白《独坐敬亭山》

漠漠水田飞白鹭，阴阴夏木啭黄鹂。——王维《积雨辋川庄作》

……

原来，杨老师从茫茫古诗中精心挑选了一些和鸟有关的诗句。

大家问杨老师古诗句怎么展览。

他说："作文和画都可以展览，古诗词怎么不能展览呢？"

按照杨老师的意思，把这一首首诗词抄写在一张张卡片上，然后挂在树枝上，就像元宵节猜灯谜一样。

经杨老师一解释，大家都觉得有趣好玩儿。

除此之外，白藕还把自己平时搜集报纸上的有关黄河滩的报道，和鸟有关的图片贡献了出来。

白藕觉得还不够，总觉得还缺少一点儿什么。

黑铜说："我知道缺少什么，缺少你爷爷的那张刊登地鹬的省报。你想啊，如果把那张报纸拿来展览，咱们这个展览含金量是不是就不一样了？"

白藕想了想，觉得黑铜说的很有道理。于是，他便找到老白。

"爷爷，我们想借您的宝贝一用。"

"啥宝贝？"

"您衣柜里的宝贝。"

老白顿时明白过来，疑惑地问："省报？用报纸干啥？"

"我们准备在河滩上举行一次护鸟主题展览，把那张报纸拿来当展品，让更多的人参观。"

老白听说要办护鸟主题展览，立马从枕头下面摸出一把钥匙，打开衣箱。衣箱里一股樟脑味儿飘出来。他把里面的衣服全部拿出来，放在床上，从箱底摸出了那张泛黄的报纸。

老白再三叮嘱道："这可是传家宝，千万不能丢了哩。"

白藕给爷爷承诺说："放心吧，爷爷，人在报纸在。"

对于这次不同寻常的展览，老陶也在一直帮助出谋划策。他联系了市里的媒体记者，将这次展览的消

息提前公布了出去，到时候县市的媒体也将全方位报道这次展览，以便让更多的人引起对护鸟的重视。

几个村子也提前用大喇叭广播了这次河滩上的展览，村民们也议论纷纷。

经过几天的准备工作，终于要开始展览了。那天一大早，大家都忙活起来了。赵小兵在一张张照片背面贴上透明胶带，用一条长长的细线穿起来挂在两棵树之间；黑铜把捡来的鸟类羽毛和孵化后剩下的蛋壳摆在展示台上；赵来生把大家的画作齐刷刷地挂在绳子上……

正当大家忙着布置展览时，那边来了一队人，他们都穿着统一的绿色冲锋衣，背着鼓囊囊的背包。等他们走近了，白藕看清楚了走在队伍最前面的人是老陶。老陶见到白藕，笑嘻嘻地给了他一个拥抱。

"你看，我们的队伍庞大吧？"老陶转过身望着身后的人们说。

展览真的吸引来了村里和城里的许多人，他们或步行或驱车来此，参加这次黄河滩上别开生面的活动。

展览开始后，老陶带来的很多摄影家朋友给观众当讲解员。老陶站在一幅捕鱼的翠鸟照片旁，骄傲地告诉孩子们："你们知道吗？为了捕捉这个难得的瞬间，我埋伏在雪地里足足等了两个小时。我的脚都冻得失去了知觉。"

孩子们向老陶投去了赞许的目光。

大家在展览的摄影作品里看到了火烈鸟，都觉得新奇，纷纷围观过来听周站长讲解。周站长对鸟很有研究，他给大家介绍说："这火烈鸟是鸟类中一个非常古老的种群。"

"有多古老？"有人问。

"在4000万年前，地球上就有火烈鸟了。现在它们主要分布于热带和亚热带地区，在中国并无分布，也并不常见。"

"那黄河滩为什么能看到它们的身影呢？"

周站长说："据我分析，它有可能是迷鸟，属于离散失群的单独漂鸟。鸟类迷路很常见。"

老陶接话道："您说的很有道理。比如，有一年我在北京发现过本应迁徙至非洲越冬的欧亚鸲，欧亚鸲是欧洲及西亚鸟。"

周站长说："咱们河滩新奇的鸟越来越多，是个好现象，说明咱们河滩的环境越来越好了。环境好了，生态好了，鸟儿们才愿意来呀。"

老陶很大方，他把自己的"大炮"架起来让河滩的人们透过镜头观看远处的鸟。谁都不愿错过这难得的观鸟机会，都争先恐后地往"大炮"跟前挤。

鸟类标本这边也围满了人。周站长指着一件标本给大家解说："这是野鸭的标本，它的背后还有一个令人难忘的故事。"

大家都迫不及待地问周站长什么故事。

"去年我们路过一片芦苇荡时，听到有凄厉的鸣叫，经过一番寻找发现了一只野鸭，根据我们的经验判断，它吃了盗猎者撒下的毒饵。我们想把它抱回保护站救助，可它一直仰着头望着芦苇丛。原来，它的巢里有三颗蛋。它似乎在担心即将破壳出生的宝宝。这就是母爱呀……"

"周叔叔，那只野鸭救过来了吗？"

"没有。它吃的毒饵太多，我们最终没能挽回它的生命。我们对那三颗野鸭蛋进行了人工孵化，这只野鸭也被我们做成了标本。"

老白的报纸展位上也围了许多人。这是河滩的大部分孩子第一次见这张报纸。

来河滩上参观鸟展的人越来越多。河滩人沿着弯弯曲曲的小道走来，大人带着孩子，孩子牵着老人，一时间，河滩上熙熙攘攘，热闹如集市一般。

那个在鸟笼里养了四只黄雀的老头儿也来了。这次他的出现让大家颇为意外，更意外的是他并没有提着鸟笼来。

白藕和同学们看到他便走了过去。

　　可是，令他们想不到的是，老头儿说："我以后再也不养鸟了。如果不是鸟儿，我这条老命恐怕就不保了。"

　　大家都很好奇，问他是怎么回事。

　　老头儿给他们讲起了前几天发生在他身上的一个故事。原来，老头儿每天早晨都会提着鸟笼去河滩上遛鸟。那天早晨，有位邻居路过老头儿的院子时，听到鸟儿叽叽喳喳叫个不停，走近一看，是老头儿挂在树上的鸟笼里的黄雀发出的叫声。邻居很好奇，老头儿每天早上都会去遛鸟，今天怎么没去呢？

　　邻居趴在窗户上往里看，老头儿有气无力地躺在床上，仿佛特别难受。邻居叫老头儿，他双目紧闭，没有回答。邻居感觉不妙，直觉告诉他老头儿生病了。于是，他赶快叫人一起把门拆开，把老头儿送到了医院。医生告诉大家，幸亏送来的及时，不然，老头儿的命就保不住了。

　　老头儿听说是鸟引起了邻居的注意，顿时惭愧不已。

老头儿说："以我对鸟生活习性的了解，这几只鸟抓回来没多久，还能适应大自然，我决定把鸟放回大自然。"

老头儿把大家拉到一边，小声说道："明天我带你们去个地方。"

"去什么地方？"白藕问。

"地下鸟市。那里很多人贩卖野鸟。你们也给那些鸟贩子好好宣传宣传。"老头儿说。

老头儿带着大家去了镇上的鸟市。这里的场景让大家惊讶不已。这里与其说是鸟市，不如说是鸟类的"盛会"。

鸟贩子把一只只活泼可爱的小鸟关在笼子里。它们的眼神似乎写满了伤痛和无奈，非常可怜。它们极其渴望自由，渴望蓝色的天空，渴望与家人团聚。它们似乎不知道自己的命运，更无法掌握自己的命运。而笼子旁边的买鸟的人和鸟贩子则不停地在讨价还

价，仿佛这些鸟是可以让他们发家致富的商品。

大家觉得，当务之急不能光从思想观念上改变他们，更要在实际行动上给予他们有力的打击。看来当初杨老师把他们分成"宣传"和"探险"两个小组是正确而明智的选择。

媒体记者们对这几天的所见所闻感触颇深，他们连夜写出了新闻报道。河滩内外的很多人知道了这次不同寻常的鸟展，知道了麻雀小学举办的"护鸟天使"活动，也知道了那些可怜的笼中之鸟。越来越多的人把电话打到麻雀小学，打到村委会，打到护鸟站，都希望能有机会参与到这场护鸟活动中来。这是老白、范校长和周站长期待已久的，也是举办这次活动的意义所在。

而在几天后，鸟市传来了被查处的消息。

第十一章

给我一双
翅膀

第十一章

给我一双翅膀

以白藕为代表的宣传小组表现很出色，以马槐为代表的小组也不甘示弱。林业站的吕站长为了大家的安全，派了两名护林志愿者和大家一起行动。同时，参与行动的还有鸟类知识丰富的老白。

他们不畏严寒、不畏艰难，在河滩上拆捕鸟网，像排雷一样寻找捕猎夹和陷阱，捡拾毒饵，驱赶盗猎者，救助被困受伤的鸟。

老白再三强调，盗猎者在草丛里放置的捕猎夹十分隐秘，夹住脚可不得了，一定要谨慎行事注意安全。老白还说："有一年冬天，一位牧羊人从这里路过，脚趾被夹子夹骨折了，去县城的大医院治了很久才痊愈。"

"那是不是很疼啊？"马槐问。

"当然疼啦，没听说吗，十指连心哪。"

尽管老白一再强调安全问题，后来，意外还是防不胜防地发生了——这和马槐那条名叫黑斑的狗有关。

马槐的黑斑也加入了小分队。在这个团队里，黑斑表现得英勇无畏，很多时候它都冲在队伍的最前面。那天小分队从集合点出发去河滩拆捕鸟网，路过一片茂密的枯草丛时，黑斑似乎嗅到了什么，突然从马槐身旁蹿了出去。马槐担心黑斑的安危，便赶紧追了上去。马槐知道，黑斑嗅觉异常灵敏，一定是发现了常人难以觉察的目标，不然它不会发疯似的往前跑。

黑斑带着大家钻进了一片茂密的树林。它像一支利箭在树林间穿梭，大家生怕掉队，生怕丢失目标，跑得气喘吁吁却不敢停下来。到了树林深处，黑斑突然停了下来。这时，马槐听到有摩托车的马达声由远及近。马槐招呼大家都躲在大树后面，不要被骑摩托车的人发现。

不大一会儿，树林中果然出现了一辆摩托车。骑摩托车的人头戴黑色头盔，穿一身黑色的棉衣。他的摩托车后面紧跟着一条身材细长的猎狗。猎狗速度很快，像闪电一般。通过这条跟随的猎狗，大家更加肯定这个骑摩托车的人就是盗猎者了。

马槐一口咬定那人的摩托车改装过，不然速度不会那么快。因为他见识过清河哥哥改装过的摩托车——这辆摩托车和清河的款式一模一样。

黑斑兴奋地追逐着猎狗和摩托车。就在距离摩托车和猎狗五六米远的时候，黑斑突然惨叫一声，倒在了地上。马槐飞速跑向黑斑。眼前的情景差点儿没让他晕厥——黑斑的前腿被捕猎夹死死地夹住了。锯齿状的捕猎夹深陷在黑斑的前腿里，有鲜血汩汩流了出来。

黑斑叫得撕心裂肺，看上去非常痛苦。

马槐哭着喊："怎么办？怎么办呢？我的黑斑……"

陈武赶紧安慰他，让他不要急，办法总会有的。

大家想把捕猎夹撬开，以缓解黑斑的剧烈疼痛。可是捕猎夹夹得太牢固了，像长在肉里一样，怎么撬都撬不开。

看到黑斑的前腿鲜血流淌，马槐急得大哭起来。老白闻声赶来，他似乎根本不用劲儿就打开了捕猎夹。他说："这捕猎夹上有机关，打开需要技巧，不能用蛮劲儿哩。"

老白以前为了给羊看病，专门去河滩外学过兽医。那时候，村里谁家的家畜病了都会让老白帮忙看病。在河滩上放羊时，老白捡到受伤的动物也总会带回来帮它们治病疗伤。老白可不止是半个鸟类专家哩。

黑斑疼痛难忍，不停地挣扎。

老白从随身携带的药箱里取出自制的草药和纱布，给黑斑包扎伤口。老白让四个男同学死死压住黑斑的四条腿。也许是害怕，也许是剧烈的疼痛，黑斑不停地挣扎着吼叫。黑斑的惨叫声划破了宁静的河滩。

"让它叫唤，它现在疼，等包扎好伤口就不疼了。"老白说。

大家折腾了半天，终于给黑斑包扎好了伤口。马槐抚摩着黑斑，眼里满是心疼。老白却很镇定地安慰马槐说："还好，还好，黑斑的伤口没有引起感染，用药包扎一下，过几天就好了。"

老白这么一说，马槐心里舒服了很多。

"嘻，让那个偷鸟的人跑掉了。"陈武说。

"他跑不远，根据我的经验判断，他还会出现。我们去前面看看吧。"老白说。

走到一棵大树旁时，老白突然做了个手势，示意大家小声一点儿。

"你们仔细听，附近似乎有奇怪的声音。"

大家都侧着耳朵仔细听，果然有微弱的声音，仿佛是从前面的树林里传过来的鸟叫。

大家顺着鸟叫声传来的方向走去。

老白说："听声音，像是麻雀遇到了麻烦。"

"什么麻烦？"马槐问。

"它应该是被困住了。"老白说。

他们在树林三五成群分头寻找起那只惨叫的麻雀来。

"快来看哪！"陈武突然在前面喊道。

大家赶紧跑过去。他们看见两棵大杨树间挂着一张巨大的鸟网，透明的丝线编织而成的鸟网和天空浑然一体，不仔细看还真难辨认。在鸟网的下方和鸟网上散落着一片片五彩的羽毛，那些羽毛在阳光下，散发着凄凉而又耀眼的光芒。

望着一片片羽毛，马槐心如针扎。他知道已经有很多鸟掉进了盗猎者布下的"天罗地网"。

老白说："林间飞来飞去的鸟从这里路过时，稍不留神便会被鸟网钩住身体。一旦被钩住，任凭它们怎么挣扎，都难以逃脱。"

"然后呢？"马槐问。

"然后？然后它们的噩梦就开始喽。布下鸟网的盗猎者会择机前来取鸟。他们把鸟拿到地下鸟市上非法交易，或者贩卖到城市的饭店餐馆。"老白说。

听到这里，大家心情都万分沉重。

鸟网上一共有三只鸟，其中两只麻雀，一只灰鹤。那两只麻雀支棱着翅膀，扭曲着身子倒挂在鸟网上。

灰鹤的翅膀被鸟网钩住了，半个身子悬挂在空中。灰鹤看到有来人，有气无力地挣扎了一下。灰鹤似乎以为来者是捕鸟人，眼睛里充满了恐惧和不安。老白走过去，用随身携带的剪刀把缠绕在灰鹤身上的

鸟网剪开，把它解救了下来。

老白轻轻抚摩着灰鹤说："灰鹤，不要怕，我们不是坏人，我们是来救你的好人哩。"

灰鹤似乎听懂了老白的话，顿时安静下来。

马槐去救那两只被困在鸟网上的麻雀。一只似乎是才被粘住不久，还保持着旺盛的生命力，听到人们的说话声拼命挣扎。马槐小心翼翼地把它从鸟网上解救下来，麻雀在他手上几乎没有做过多停留便拍打着翅膀飞走了。

马槐开心地说："看着它自由地飞翔，我心里比吃了糖还甜哪。"

可是当他伸手去救另一只麻雀时，才发现它一动不动。马槐仔细一看，麻雀已经死了。马槐愣了一下，心里感到疼痛和悲凉。

"这些偷鸟的人最可恨。"陈武咬牙切齿地说。

"布下鸟网的盗猎者一定还会出现。"老白说。

捕鸟网被高高挂在树杈上，要爬树才能解下来。

马槐脱了外套就抱着树往上爬。他刚爬到树杈的地方，突然传来一阵嘟嘟嘟摩托车马达的声音，随后，摩托车的声音戛然而止。

"那个摩托车又出现了。"马槐压低声音对大家说。

马槐长吁了一口气，接着往上爬。他爬到第二层树杈时，附近传来了一阵低缓的咳嗽声和走路声。躲在树上的马槐视野开阔，最先看到了来人。马槐在树上朝下面的人做了个嘘声的手势，示意大家赶紧躲起来，不要出声。

骑摩托车的人走得很缓慢。他心里犹豫不决，忐忑不安。他昨天在床上翻来覆去地思考了整整一个晚上。他告诉自己真的不能再这样下去了。他觉得自己这样做对不起鸟，更对不起河滩上的父老乡亲。可是，他急需用钱，在他看来捕鸟是获得钱最快捷的途径。

经过内心深处痛苦的挣扎和煎熬，他还是来了。

他一直告诉自己这是最后一次，真的是最后一次，以后要改邪归正。

只听他走路的声音越来越近，越来越清晰。冬天，河滩上的树木都落光了叶，马槐觉得自己站在树上太显眼，就迅速滑下来，和大家一起躲在了一片长满杂草的沟渠里。大家都屏住呼吸，等待那个人的出现。不大一会儿，一个黑色的影子映入眼帘——就是刚才骑摩托车的那个穿黑色棉衣、头戴黑色头盔的男人。这个男人走起路来虎虎生风。马槐心里想，一定是这个偷鸟贼设下这张鸟网，不然他不会到这里来。男人来到鸟网下，抬头看了看鸟网上什么都没有。他似乎有点儿失望，准备转身离开。

黑斑突然翘着腿冲向那个盗猎者。马槐赶紧小声叫道："黑斑，回来。黑斑，回来……"

可是，黑斑对马槐不理不睬，依然跑向了那个戴头盔的盗猎者。令所有人没想到的是，黑斑并没有对着那个人狂叫，而是很友好地摇起了尾巴，就像遇到了十分熟悉的朋友。马槐对黑斑很了解，除非是很亲近的熟人，黑斑一般是会充满敌意地乱咬乱叫。可是，面对这个戴头盔的包裹得严严实实的男人，它却表现得出乎意料的友好。

马槐对黑斑的表现很生气。

戴头盔的人看到莫名其妙出现一条狗，愣了一下。黑斑仍然对他欢跳着。他抚摩了一下黑斑的脑袋，赶紧往树林外跑去。大家不约而同冲着那男人大喝道："别跑！"

大家疯狂追赶。可是，那个人身手敏捷，骑上摩托车迅速逃脱了。

"让他侥幸逃脱了，下次我绝不会放过他。"老白气呼呼地说。

几个人把鸟网拆下来，用剪刀把它剪得稀巴烂。

马槐说："以后，别让我看到这些可恶的鸟网，见一个拆一个。"

陈武好像有心事，便对马槐说："马槐，有件事我很奇怪。"

"啥事？"

"你不是说黑斑只要看到偷鸟贼就会扑上去吼叫撕咬吗？那它刚才看到偷鸟贼怎么不仅不叫，反而还那么亲呢？"

马槐沉思了一会儿，说："其实……我也不知道，我也在想这件事，好像是有点儿奇怪……"

灰鹤趴在地上似乎很疲惫。大家蹲在地上围着灰鹤仔细察看，它的右腿上有一块旧伤疤。老白说，这块伤疤是以前留下的，对它没有太大的影响。

"那它怎么不飞？"陈武问道。

老白说："这只灰鹤挂网上太久了，它肚子饿了，没力气飞了，再说，也受到了惊吓。"

大家觉得老白分析得很有道理，便提议说去附近干草丛里找虫子给他吃。可是，现在的季节哪里会有虫子呢？于是，有人便把自己带来的水和食物拿出来给它喂食。可灰鹤连看都不看一眼它眼前的食物，似乎一点儿胃口都没有。

"我们把它送到候鸟保护站去，让它好好养伤。"老白说。

小分队把受伤的灰鹤送到了候鸟保护站。到了一个陌生的环境，灰鹤躲躲闪闪，眼神里充满了恐惧。大家都义愤填膺："该死的偷鸟贼！太可恶了！"

灰鹤在候鸟保护站周站长和小苏的照料下，很快返回了大自然。

几天后的一天下午，黄河滩下了一场暴雪。纷纷扬扬的雪花落了整整两天，河滩像被铺上了一张巨大的白色地毯。茫茫白色中，一个黑点儿闯入了马槐的视线。大家拿起望远镜观察，才发现那是一只孤独的灰鹤。灰鹤站在一片冰面上左顾右盼，似乎很无助，又似乎在等待什么。

大家尝试着靠近灰鹤。灰鹤并没有因为大家的到来而受到惊吓飞走。

灰鹤的身体时而抽搐一下，看起来非常痛苦，似

乎不经意就能被雪花压倒，被寒风吹倒。马槐正疑惑时，灰鹤突然一屁股坐在了冰面上。它匍匐在冰面上努力拍打着翅膀，似乎想努力飞向远方。可是无论它怎么拍打翅膀，都不能使自己重新飞离冰面。

老白说："一般情况下，正常的鸟只要人一靠近便会飞走，如果不飞走肯定有问题。"

"什么问题？"马槐问。

"要么是中了毒，要么是受了伤，要么是生了病。"老白说。

马槐看到灰鹤右腿上有一块伤疤，忽然想起之前救助的那只灰鹤来。

马槐仔细观察了一会儿，惊讶而肯定地说："哎呀，这只灰鹤就是前几天我们从鸟网上解救的那只。你们看，它右腿上的伤疤是不是和那只的一模一样？"

大家围着灰鹤仔细分辨后，异口同声地说："没错儿，就是上次在树林里救下来的那只灰鹤。"

灰鹤看到马槐过来，缓缓闭上了眼睛，身体突然往冰面上倾斜，直到整个身子倒了下去。马槐抚摩灰鹤，灰鹤微微睁开眼睛，有气无力地望着马槐。它的眼睛里充满了无助、恐惧和不安。灰鹤绝望地望着天空，天空中一只大雁掠过，灰鹤的眼神里有羡慕和不舍。

马槐蹲下来抱起灰鹤仔细察看，灰鹤嘴角还有些白色的泡沫，它嘴巴里散发出一股难以描述的气息。

难道灰鹤生病了吗？还是什么原因？

马槐忽然警觉起来，灰鹤的异常表现让他想起一种症状——食物中毒。去年冬天，河滩上一只误食毒饵的麻雀也是口吐白沫。这只灰鹤的症状和那只麻雀高度相似。

老白看了看，肯定地说："灰鹤就是误食了毒饵。"

它为何会在这里呢？又为何中了毒？一连串疑问在马槐脑海里打转。

老白分析说："鸟最怕下雪天，下雪天很难觅食。上次我们把灰鹤放飞后，饥肠辘辘的灰鹤便误食了盗猎者撒下的毒饵。"

"这附近雪地里肯定有毒饵。"

老白说完就蹲在麦田里仔细查找起毒饵来。很快，他在田埂上发现了几颗略带紫黑色的玉米粒。老白捡起一粒玉米粒，闻了闻说："你们看看，灰鹤就是吃了这种毒玉米中的毒。"

老白赶紧把灰鹤抱到一片存有雪水的洼坑旁，让它喝水缓解一下毒性。它努力地把嘴伸进水里，艰难地喝了几口。可它仍旧无精打采，站立不稳，似乎中毒的症状并没有得到缓解。

马槐焦急地问老白该怎么办。

老白说："要喝绿豆水才能解毒。有一年我在河滩上救助过一只中毒的大雁。那只中毒比较轻，我把它带回家灌下一大碗绿豆水，它才算是捡回了一条命。"

可是，这荒山野地里哪儿有绿豆水呢。最后，马槐决定带着灰鹤去找医生。可是，老白看了看它的嘴角，立马说："不要去了。"

"为什么不去？"马槐不解地问。

"已经来不及了。"老白突然有些哽咽。

马槐不听老白的建议，他不忍心看着灰鹤就这样送命。他抱起灰鹤就往村庄的方向跑。刚跑了几步，灰鹤就把头垂了下去。它似乎很痛苦，很绝望。

马槐小心翼翼地把灰鹤放在地上，它努力挣扎了几下便不动了，任凭寒风怎么吹拂，它都毫无知觉了……

马槐难过地哭了起来，小组的其他成员也都抽泣起来。

老白低着头，望着倒在地上的灰鹤，泪水吧嗒吧嗒掉下来。那一幕也许永远难以在马槐心里抹去，仿佛那只灰鹤的死是他的错。

"都别难过啦，这就是它的命，没办法哩。"老白说。

老白越是这样说，大家越是难过。

老白说要找个地方把灰鹤埋葬。

马槐问："埋在哪儿？"

老白四处望了望，看到不远处有一段半尺高的树桩。他走到树桩旁停下来。老白蹲下来仔细抚摩着树桩说："这是一棵几十年的槐树。"

偷树的贼为了快速得手，用锯子从树根处直接把树干锯掉带走，河滩上留下了一个个散发着淡淡木料香味的树桩。锯断后的树桩截面光滑如丝，密密匝匝的纹理如同用淡墨画上去的一般。

老白说："树的年轮一圈就代表一岁，有多少圈就说明它活了多少岁。"

大家蹲在地上一圈一圈数起它的年轮来，一圈两圈三圈……

"长了几十年的大树就这样被他们偷走了，真的太可惜了。"老白说。

"它们还会生长吗？"马槐摸着光秃秃的树桩问。

"等到春天，树桩根部会冒出嫩芽儿。"老白说，"这里是个好地方，就把它埋在这儿吧。"

马槐明白老白的意思，老白希望等到春天来临时，灰鹤能和嫩芽儿一起看到春光。

大家在树桩旁边挖了一个一尺多的深坑。老白把灰鹤小心翼翼地放进坑里，然后用手捧起一把土轻轻地撒在灰鹤身上。他动作进行得非常缓慢，似乎对灰鹤充满了不舍和眷恋。尽管大家和鸟相处时间很短暂，却和鸟有了难舍难分的感情，现在它突然离去了，一时谁都无法接受。

六年(1)班的同学们都赶来了，都想看灰鹤最后一眼。

一个小小的坟头出现在树桩旁的时候，天空中突然又飘起了雪花。纷纷扬扬的雪花落在埋葬灰鹤的新土上，落在弥漫着淡淡清香的树桩上，落在每个护鸟

人的心里。

马槐找来一块石头，用刻刀在上面刻上了"给我一双翅膀"六个小字。马槐说这一定是灰鹤的希望，是灰鹤的梦想。它梦想着人类给它一双能自由翱翔的翅膀。

安葬好灰鹤，老白说："我们要尽快把田里的毒玉米粒捡起来，不然会有更多的鸟中毒哩。"

马槐看着一粒粒毒玉米，气愤地说："我们逮到这个可恶的偷鸟贼，让他把这些毒玉米吃下去才好。"

老白说："大家的心情我理解。我相信，会有越来越多的人来保护咱们黄河滩的鸟儿。"

灰鹤的去世给大家留下了难以磨灭的伤痛。

马槐目睹了灰鹤生命的最后一刻，难过得不行。它从遥远的北方来到河滩，却没能回到本该属于它的地方。他对那只灰鹤有着极其深厚的感情，常常跑去河滩埋葬灰鹤的地方坐着。给它唱歌，陪它说话，给它讲河滩人护鸟的故事。

晚上睡觉时，马槐也经常梦到那只离开的灰鹤。梦里，那只灰鹤站在冰面上，用满含哀伤的目光凝视着他，似乎在祈求他救救自己，再给它一次生的机会。马槐赶紧伸出手去抱它，可是他和灰鹤仿佛隔着一道玻璃门，无论他怎么努力都够不着灰鹤。马槐只能流着泪眼睁睁地看着它痛苦地挣扎。

梦境那么真实，真实得让人感到害怕。

第十二章

你好，候鸟

第十二章

你好，候鸟

以后的几天里，那些可怕的噩梦一直纠缠着马槐不放。他走到哪里，噩梦就跟到哪里。有时候他在想，这也许不是梦，是不久的以后会发生的事实。

不知道为什么，马槐总感觉有一只地鹬在等着他解救。

马槐总觉得清河很复杂，很可疑。他脑海里忽然浮现出那次在树林里见到的那个骑摩托车戴头盔的盗猎者来。当时，黑斑对他很友好很亲昵，黑斑见到他就像见到好朋友一样。可是，要知道，黑斑一般情况下对陌生人是狂叫不止的。这样看来，那个摩托车的盗猎者很可能就是清河。想到这里，马槐忽然浑身颤抖，他不敢再继续往下想。

他对那个头盔印象非常深刻——头盔右侧有块指甲盖大小的破损。头盔的这一特点也许只有马槐注意到了，并牢牢记在了心里。这无疑可以当作证明清河清白与否的有力证据。

马槐觉得，那个头盔也许就在家里，他翻箱倒柜地寻找起那个头盔来。

马槐最终在屋后的一口枯井里发现了端倪。枯井里一片漆黑，他用手电筒往里照，看到了一个圆鼓鼓的包裹。他赶紧用竹竿把包裹挑出来。

当那个头盔闪现在他眼前时，马槐几乎要晕倒过去。他想不到，这一切竟然真的是哥哥清河干的。他心里五味杂陈，有种说不出的滋味。

在马槐看来，这一切都真相大白了。

清河可是他的哥哥，他的亲人。他对清河无比失望。寒假前举行动员仪式时，他对清河有过怀疑，所以他主动退出了"护鸟天使"的竞选。现在看来，他的退出是正确的选择。他觉得对不起白藕，对不起老师，对不起的人太多太多。

马槐跌跌撞撞地跑到河滩上的老船上坐着。天空中有一群群飞鸟鸣叫着掠过，它们多么欢快啊。在马槐看来，它们是无辜的，它们谁都没有得罪。鸟在这个世界上与人类无冤无仇，为人类的生活增添了许多美好的色彩，为何要伤害它们呢。不远处有赶着羊群的牧羊人经过，他忽然想起和清河一起放羊的快乐时光。是啊，那时候的日子多快乐啊。可现在清河变了，变成了一个令自己厌恶的人。他思来想去，决定找清河好好谈谈，把事情挑明。

马槐回到家时，清河正在院子里擦拭他的摩托车。马槐走过去，眼睛盯着清河，却不说话。清河问马槐有什么事。

"哥，实话实说吧，你的事情我都知道了。"

"啥事情？"清河仍在擦拭摩托车。

"你偷鸟的事情……"

清河愣了一下，直起身，把手里的毛巾丢在摩托车后座上，把脸转向了一边。

"哥，你知不知道你这种行为很可耻。你知不知道我心里有多难过。如果我同学们知道你……"马槐突然哽咽起来。

清河身体渐渐蹲了下去，最后坐在了地上。他头靠摩托车，闭着眼，一言不发。许久，清河眼角的泪珠滑落下来。清河喃喃地说："我真的很后悔，我对不起河滩上的鸟……"

也许，清河知道唯有自首才能释怀，才能真正得以解脱，才能重新开始，于是，他向马槐坦白了他所做的一切。

清河说，他的的确确捕获过一只地鵏，并把它卖给了一个常年戴鸭舌帽的男人。至于鸭舌帽男人又把地鹈卖给了谁他并不清楚。马槐眼前突然浮现出那个鸭舌帽男人在河边和清河见面的画面。

清河说，他每日都陷入深深的自责中。他很后悔，很懊恼，却又不知如何是好。过去捕鸟的画面，时常在夜深人静时，出现在他的梦境里。在梦里，那些他捕捉的鸟都如箭一般朝他飞来，紧紧包围着他。他无路可退，他觉得自己也变成了一只可怜的鸟。他几乎跪了下来祈求那些鸟放过自己，自己会改过自新，会为那些受害的鸟儿忏悔。

"那你为何还要偷鸟？"马槐问。

清河沉默了一会儿，用低沉的声音回答道："为了、为了买越野摩托车。"

清河的泪水啪嗒一下落在衣襟上。

清河说，除了马槐的母亲给的那部分钱外，其余的钱都是鸭舌帽男人预付的，对方给他一笔钱，他答应对方一星期之内交"货"。清河说自己很自责很内疚，真的不应该去伤害那些无辜的鸟。

"你还有什么事瞒着我？"马槐问。

清河抽泣着说："你应该知道你同学白藕的家里翻出三根羽毛的事情吧。"

马槐点点头说："这事我们整个学校的人都知道。"

清河接着说："他家红薯窖里三根羽毛和捕猎工具是我放进去的。"

马槐愣住了。他想到过清河偷鸟，却从未想到过诬陷白藕的父亲。

"也就是说你诬陷了白藕的父亲？"马槐问。

清河说："是的。是我栽赃陷害的他……我真的对不起他们……"

马槐的两只手开始不由自主地发抖。他的拳头渐渐握了起来，紧得连一根头发都塞不进。

"你、你为什么要这样做？"马槐哽咽着说。

"我当时是为了你。我想让你成为'护鸟天

使'……"清河哽咽着说，"其实，做这些伤天害理的事情我也很痛苦，我也很多次想停下来，可是……"

马槐心里猛然一阵疼痛，泪水顺着他的脸颊流淌下来。

清河说，马槐和白藕竞选"护鸟天使"的那段时间，他戴着头盔去了白藕家，把事先准备好的三根羽毛、捕猎夹和毒饵放进了白藕家废弃的红薯窖里，然后写了一封举报信塞进了候鸟保护站。

这时候，严方踏进院子。他看到清河和马槐两人的表情，问发生了什么事。清河把自己的所作所为告诉了严方。严方没有说话，冲上去狠狠打了清河一个耳光。耳光清脆响亮。也许这一记耳光并不能消除他心里的怒火，他又抬起胳膊准备打第二巴掌。马槐眼疾手快，赶紧上去抱住了严方。他抱得很紧，丝毫不敢松手。严方瞪着双眼，气得说不出话。

清河却不领情，一把抓住严方的手，在自己脸上啪啪打了几下。他的脸上立马出现了白色的巴掌印痕。

过了很久，清河缓缓站起来，往院子外面走，走到门口，转身对马槐说："你替我给白藕和他爸道歉。我会改过自新。以后我会加入护鸟志愿者协会，去保护黄河滩的鸟。"

马槐问清河去哪里。

清河说："去河滩森林派出所……"

根据清河提供的线索，镇林业站和森林派出所的同志带着大家在鸭舌帽男人家里找到了圈养在大铁笼子里的地鵏。小家伙的精神劲儿很好，羽毛还是那么美丽，仿佛没有经历过任何的坎坷和磨难。

鸭舌帽男人怯怯地说："这只地鵏的确是从清河那里买来的。"

大家都很奇怪，这个可恶的鸟贩子为何没有及时把它卖掉。

"你们也知道，现在河滩上反盗猎风声正紧，我想缓一缓再说。再说，活的鸟儿比半死不活的价格要高，所以我想把它养精神了再卖给饭店。"

后来，白藕得知了事情的整个经过，立刻就联想到了之前马槐给自己的道歉信，心里直嘀咕：哦，原来如此，都怪他哥哥，让我的爸爸受了不白之冤，还害得我差点儿退出竞选。

白藕无法原谅马槐。马槐在一直找机会跟白藕道歉，请求他原谅自己。但事与愿违，碰到过几次，白藕都目不斜视且面无表情地走开了。

后来，马槐听说再过几天就是白藕的生日。回到家，马槐把自己储蓄罐里的压岁钱全部抠出来倒在桌子上，数了一遍又一遍。马槐带着压岁钱去镇上买了一架望远镜，想找个机会送给白藕。他怕当面送被拒绝，因此只能暗地里送。

那天放学后，马槐故意磨磨蹭蹭不回家。他计划等大家都走了，把望远镜塞进白藕的桌肚里，然后再往他书桌里塞张纸条，写上"白藕，生日快乐"。这样神不知鬼不觉，即使被拒绝也没人知道。可是，事不凑巧，白藕的书桌上了锁。

这个办法行不通，马槐又想起了白藕的好朋友黑铜。黑铜正在墙脚下和赵小兵玩游戏。马槐觉得说话不方便，便不好意思走过去，老远就向黑铜招手。黑铜跑向马槐，问他慌慌张张的有什么事。马槐四周望了望，轻声说："黑铜，帮我一个忙呗。"

"我能帮你啥忙？"黑铜漫不经心地说。

马槐把手塞进书包里，摸索出望远镜，说："你能、能不能，帮我把这个给白藕？"

黑铜一看是望远镜，顿时两眼发光，说："哎哟，好东西呀，好小子，你哪儿弄来的？"

"还能哪里来的，去镇上买的呗。"

黑铜从马槐手里接过望远镜，仔细把玩着，问道："哎哟哟，这么珍贵的东西，给白藕干吗？"

"我……是这样的……如果没猜错的话，白藕的生日是不是快到了？"马槐似乎有些不好意思。

"这事我都不记得，你咋记得？他告诉你的？"黑铜疑惑地问。

马槐支支吾吾地说："我、我听芦大苇说白藕的生日在下个星期二……再说，他不是想要一架望远镜吗，就当送他的生日礼物吧。"

"哎哟，我咋不知道？谁跟你说的他想要望远镜？"

"你忘了，有一次作文课上，白藕朗诵自己的作文，作文里不是提到了吗？"

黑铜沉默了几秒钟，说："哦，你这么一说我倒记起来了，好像是有这么回事。"

马槐顿了顿说："黑铜，跟你说实话吧，以前是我不对。你也知道，我哥哥清河的事情……所以，我想让白藕原谅我，如果可以的话，和他做回朋友……"

听马槐这么一说，黑铜顿时惊掉了下巴。他搞不明白为什么马槐突然觉悟变得那么高，好像完完全全变了一个人，和原来那个顽皮小子有了天壤之别呀。

"真羡慕白藕，如果送给我该多好哇。对了，为啥你自己不当面给他？"黑铜笑着说。

"那样我觉得不好意思。哎哟，黑铜，你别说那么多，就说这忙你帮不帮吧？"马槐做出一副不耐烦的表情。

黑铜看着马槐认真的样子，又看看他满脸的诚意，竟然被他打动了。他长吁了口气说："好吧，我帮你，但成不成我可不敢保证。你也知道白藕的脾气和你一样倔强。"

黑铜把马槐的那架望远镜塞进书包里转身走了。

马槐觉得自己和白藕成为朋友有了希望，心里有种说不出的快活。对于马槐的这个望远镜，黑铜也很好奇，在同学们看来那么珍贵的东西是从哪儿弄来的。后来黑铜才知道，马槐为了买这个望远镜花了一百五十元钱，这可是他今年过年收到的全部压岁钱。黑铜心里竟然也泛起了小小的感动。

马槐一夜无眠，他躺在床上想象着白藕见到望远镜时的样子。白藕会很开心吗？还是……

第二天早晨，马槐刚到学校大门口就看见黑铜站在学校门口的歪脖子树下左顾右盼，一副焦急等待的样子。凭直觉，马槐意识到黑铜是在等自己。黑铜远远地看见马槐，赶紧摆着手让他跑过去。马槐心里一阵欣喜。

可是黑铜脸上挂着一块阴云，脸色看起来不是很好。马槐走上前去，黑铜慢悠悠从书包里掏出一架望远镜。马槐一眼就认出这个望远镜就是自己委托黑铜送给白藕的那架。

黑铜摇着头一脸遗憾地说："对不起，马槐，我、我没有圆满完成你交给我的任务。"

马槐看到望远镜顿时愣了一下，回过神儿来问："黑铜，这、这是怎么回事？你咋没给他？"

黑铜嘴角挂着一丝牵强的笑意："白藕不愿意

收，我就给你带来了，我也没办法……"

这是马槐万万没想到过的结果。马槐的心顿时冷到了极点，他甚至连说话的力气都没有了。马槐声音有些颤抖地自言自语："白藕……白藕为什么不收呢？"

黑铜犹豫一下，拍了拍马槐的肩膀，想说什么又没说。马槐叹了口气，摇摇头，从黑铜手里接过望远镜，慢慢腾腾地塞进了自己的书包。此刻，他觉得他的胳膊软绵无力，仿佛是一条装上去的假肢。他又觉得挎在身上的那个书包是那么重那么沉，像是装了一块千斤重的大石头。

黑斑的伤好了许多，但马槐还是有点儿担心。

马槐以前听说生病的人要多吃点儿营养品补一补，以前严方生病时，母亲就给他买了很多好吃的补品，都是平时不轻易吃到的稀罕东西。马槐也想让黑斑吃点儿好的补一补，这样也有利于它身体恢复。马槐在学校门口的小卖部买了两根香肠和一盒罐头。马槐拿着香肠和罐头回了家，一路上他闻了又闻，仿佛透过密封罐也能闻到浓郁的香味儿。他使劲儿咽了咽口水，告诉自己不能吃，这是给黑斑买的补品。

马槐全心全意照顾黑斑的事传到了白藕的耳朵里。白藕觉得马槐其实是个有爱心的男生，心里也情不自禁地给他竖了个大拇指。

后来，白藕和爷爷在河滩上看鸟时远远地看到了

坐在老船上的马槐。老白说："自上次活动后，马槐的干劲儿更足了。我每天大清早都会看到他在田里转悠，我以为他在做啥呢，走过去一问才知道是在检查有没有偷鸟人投放的毒饵。马槐这孩子善良，以后会有大出息的。"

那天放学路上，黑铜对白藕说："其实，马槐还是挺有爱心的，'护鸟天使'的竞选人家也做出了让步，干吗还要生人家的气呢？原谅他吧！"

白藕低着头，若有所思。

后来有一天，黑铜突然来找马槐，然后搂着马槐

的肩膀就往教室外面走。

马槐问："黑铜，带我去哪里？"

黑铜说："不用问，去了你自然就知道了。"

黑铜越是不说，马槐越是好奇。

黑铜带着马槐来到了操场。马槐看到操场一角有个人蹲在那儿。马槐和黑铜朝那个人走去。

还剩下三十多米时，马槐认出来那个蹲着的人是白藕。马槐心里一惊，停了脚步。

"你停下来干吗？"黑铜问。

"黑铜，你说实话，带我来这里有啥事？"马槐问。

"你放心吧，不会害你的。快走哇！快走哇！"黑铜拽着马槐的胳膊，生怕他会逃跑似的。

马槐不情不愿地跟着黑铜来到了白藕身旁。白藕看到马槐来了，赶紧站起来，冲马槐笑了笑，主动向马槐伸出手。马槐脸上有一丝苦笑，觉得有些尴尬，心里却有点儿激动，又有点儿惶恐，也伸出手和白藕

握了一下手，有些不好意思且带有歉意地说："那个……考试那次我是想得到一辆自行车来着，我妈说我考得好就给我买的，我不应该向你扔纸团的。"

原来那封道歉信是这么回事，白藕突然反应了过来："原来是这样。"

"是，其实那次，我就已经开始怀疑我哥了，觉得他越来越不对劲儿，如果我被选上了，我会觉得我名不副实，心里没底……所以我才放弃竞选，让给了你，你是真的爱鸟的。"

白藕没有说话。

"我哥哥的事我要向你道歉，我哥哥也希望让我转达一下他对你的歉意。我知道我哥哥爱护我，但他着实做了错事，我不仅要代替哥哥向你道歉，我也要向你道歉，求得你真正的原谅，所以我想送你一架望远镜。"

白藕其实已经原谅了马槐，他最近做的事情，人人都有目共睹，这件事情本身与马槐没有关系，自己也没什么好介意的了，于是说道："你的望远镜我不能要，你自己留着，事情已经真相大白了，责怪你，我又不对了，我们不一直都是好朋友的吗？好朋友还说这些干吗，把你的望远镜借我，我看看鸟！"

白藕原谅自己，马槐受宠若惊，开心得不行。

黑铜笑着说："好了，这样，从今往后你俩的恩怨一笔勾销了，走，咱们去取望远镜，去河滩上看鸟去。"

马槐说："白藕，你知道咱俩竞选'护鸟天使'时，看图识鸟环节我没有辨别出来的那只鸟是什么鸟吗？"

"当然知道，那是中华凤头燕鸥。"

"中华凤头燕鸥？"

"嗯，这是世界上最濒危的鸟种之一。"

"白藕，你果然很厉害呀，我要向你学习。"马槐点头说。

白藕、马槐和黑铜三位少年去河滩上看鸟。他们

走到河堤上，三个人轮流拿着望远镜观看远方飞翔的鸟群。轮到白藕时，他看到天空中有一只红色的影子落在了芦苇荡旁。

白藕兴奋地叫道："阿火，阿火在那儿！"

马槐和黑铜听后心里痒得不行，扯着白藕要望远镜。白藕把望远镜递给他们，让他们看个清清楚楚。

望远镜里的火烈鸟仿佛一团燃烧的烈火，闪烁着耀眼的光芒。

"太漂亮了，真的太漂亮了。"三个人纷纷赞叹。

越来越多的笼中鸟被解救了出来。一只只形状各异的鸟笼井然有序地摆放在河滩上。笼子里的鸟似乎已知道了它们即将重获自由，显得格外兴奋。为了让麻雀小学的孩子们好好看上一眼黄河滩的珍稀鸟类，让他们体验一下飞翔的快乐，镇林业站和候鸟保护站的工作人员把清河捕猎的那只地鹋带来了。

"我们要把它放回大自然。现在春暖花开了，它们也要回归遥远的西伯利亚和内蒙古了。"周站长说。

广阔的河滩上如集市一样热闹。粗壮的杨柳被春风抽出了鲜嫩的枝芽儿，河滩上处处弥漫着淡淡的青草香味儿。白藕喜欢这种味道，他觉得这种味道是春天的味道，是大自然的味道，是自由的味道，更是幸福的味道。这种味道闻起来让人心里惬意且有安全感。

吕站长、周站长、范校长以及学校各个班级的师生都来了。范校长说："同学们，告诉大家一个好消息，周站长刚从县里回来，县里对咱们开展的'护鸟天使'行动给予了高度肯定，说咱们活动组织得好，开展得有意义，会在全县范围内推广。"

大家都热烈地鼓掌。

周站长小心翼翼地把地鹈放在地上。地鹈看到周围很多人，似乎有些紧张，又有些害羞。周站长轻轻地抱了一下地鹈，然后也让孩子们都抱一下或者抚摩

一下。地鹬传到白藕手里的时候，他激动得双手微微颤抖。他把脸贴在地鹬身上，说："地鹬，地鹬，欢迎你再来我们黄河滩做客。"

马槐也抱了抱地鹬。不知为何，抱起地鹬的那一刻，他泪水涟涟。

他把地鹬放在地上，说："飞吧，快飞吧。"

地鹬似乎对河滩还有留恋，它站在软绵的土地上迟迟不愿离去。它仰望着湛蓝的高空，像是一个踌躇满志的将军。不大一会儿，它突然转过身，对大家深深鞠了一躬。

大家心里突然被吹进了一股暖流。

"鸟儿通人性，你对它好，它就对你好哩。"老白激动地说。

地鹬飞向了远方。白藕看着自由飞翔的地鹬，两行泪水顺着脸颊流了下来。杨老师对大家说："重获自由的感觉真好。真替它们感到高兴。"

白藕拿着望远镜望向那只飞向遥远北方的地鹬。

地鹋已经消失得无影无踪了，他还依依不舍地拿着望远镜眺望。透过望远镜，白藕遥想着那片神秘的大草原，遥想着成群结队的地鹋在大草原上自由快乐地生活。

回去的路上，有两辆推土机翻卷着尘土从大家身旁经过。白藕问老白："爷爷，推土机来河滩上干啥呢？"

"哦，我昨天听村主任说，这里要铺一条路，这样方便接下来麻雀台的搬迁工作呀。"

白藕望着不远处的村庄，心里有些空落落的，似乎有点儿不舍，却又有点儿从未有过的期待。

黄河滩哪，黄河滩

孩子们的黄河滩

黄河滩哪，黄河滩

鸟儿们的黄河滩

鸟鸣相伴的童年

我一直想写一部与鸟有关的儿童小说，因为，我的童年时光里珍藏着很多很多和鸟有关的故事。时隔多年，童年时光仿若并未走远，那些悦耳动听的鸟鸣，时常回荡在我的耳畔。

黄河滩地理位置偏远，水草丰沛，绿树成荫，适合鸟儿们安家落户，繁衍生息，因此，每到候鸟迁徙的季节，整个黄河滩到处都是各色的鸟。黄河滩家家户户房前屋后都栽种着郁郁葱葱的高大树木。祖父说，鸟天生喜欢树多的地方，所以它们都不远万里飞来安家落户与我们做邻居。一年四季，鸟儿们组成的合唱团都在不停歇地演奏，热闹不已。

我童年时代的小学矗立在空旷的野外。这所学校目前还在，只是模样发生了翻天覆地的变化。那时候，我们的教室是一排排低矮的老房子。由于历史久远，它被岁月洗刷得千疮百孔，不是缺窗就是少门；桌椅伤痕累累，随时都有散架的可能；操场坑坑洼洼，一下雨就一片汪洋。你别看这所学校又小又破，它在河滩上也算是一所历史悠久的老校。父亲说他小时候也在这所学校读书。

红砖砌成的低矮院墙外面是开阔的庄稼地、茂密的树林和蜿蜒的河流。河流两岸覆盖着密不透风的芦苇和荒草。那时我们都不明白，为何要把学校建造在这种前不着村后不着店的荒凉地方。父亲说，这里风景好，安静，适合孩子们读书。我不太赞成父亲的观点，我倒是觉得因为它是附近几个村庄共建的学校，只能建在几个村的孩子上学都方便的地带，不然对哪个村的孩子都不公平。不管如何，学校所处的特殊地理位置给童年的我带来了无穷欢乐。

父亲说我们这一代孩子是"野"大的，就像黄河里的鲤鱼，就像河滩上的荒草、芦苇和野鸟。

自习课上，我们常常溜出校园，去附近的芦苇荡听鸟唱歌，捡拾鸟的羽毛，捉知了、蚂蚱、虫子或者从沙包里掏出粮食去喂鸟，再或者躺在麦田里数天空中飞过的鸟。蔚蓝的天空下，飞过一只又一只，无论我们怎么数都数不完。

那时候，我们学着鲁迅先生用铅笔刀在课桌上刻上了一个个歪歪扭扭的"早"字，却常常上课迟到。因为我们来学校的路上跑去看鸟群忘记了时间。

也许是我们的诚意打动了鸟儿们，它们经常飞进我们教室做客。

我们上课时，总会有迷途的鸟不小心从窗户闯进教室。鸟在教室里横冲直撞，时不时会有鸟粪和零落的羽毛落在课本上，落在讲桌上，落在我们乱糟糟的头发上。令我印象最深的是有一次教室里飞进来的那只红黑相间的鸟。它红色的羽毛，闪耀着迷人的耀眼光芒。这只鸟站在房梁上，认认真真地跟着我们听课。讲台上的老师讲一句它便会鸣叫一句，强烈的节奏感引得我们哄堂大笑。现在想想着实有趣。

负责看守校门的刘师傅是个爱鸟的人。

我深刻地记得我们学校操场一角种着一棵高大的梧桐树。有鸟在它粗壮的树干上做窝。我们对鸟窝充满了无限好奇，总跃跃欲试想爬到树上去看个究竟。刘师傅看到有孩子爬树总会及时制止。他说，深不可测的树洞里往往藏着手腕儿粗的大蛇，只要你一靠近，那条大蛇就会吐着芯子从树洞里钻出来。我们长大后忽然明白，那树洞里也许并没有蛇，只是刘师傅担心我们的安危，吓唬我们罢了。

我的祖父和刘师傅有些许相似，他也爱鸟。

祖父和祖母生了六个儿女，家里一度很热闹。可是，上世纪 90 年代最小的姑姑出嫁后，祖父感觉到了从未有过的孤独和难过。为了排遣孤独，他常常去野外看鸟，陪鸟说话，和鸟做朋友。祖父是个懂鸟的人。他说鸟是一种很有灵性的动物。那时候我们对很多鸟叫不出名字，他却能像鸟类专家一样一五一十地报出所有鸟的名字，甚至说出它们的生活习性。

祖父的院子里有个鸟窝，每天早晨都会听到鸟鸣从窗户外钻进来。我问祖父那是什么鸟，祖父说是画眉。祖父略懂口技，他把一根食指塞进嘴巴里能模仿出多种鸟的鸣叫。祖父嘴里发出的那些惟妙惟肖的鸟鸣连鸟都难以分辨是真是假。不仅如此，祖父甚至能在片刻的工夫用秸秆儿编织出一只生动形象有趣的玩偶鸟。秸秆儿在他手指间绕来绕去，看得人眼花缭乱，他那粗糙不堪的手指编织起玩偶鸟来显得那么灵活，就像施了魔法一样。

麦收的季节，祖父把刚打下来的粮食摊开在院子里晾晒。我和堂弟坐在枣树下一边做作业，一边挥舞着长长的竹竿看管偷吃粮食的鸡鸭牛羊。枣树枝头的麻雀叽叽喳喳叫个不停，仿佛在密谋一次行动——趁我们不注意时飞下来吃上几嘴粮食。祖父望着枝头的麻雀说，如果鸟来的话不要驱赶，让它们吃个够。我问祖父，鸟为何有这般好的待遇，鸡鸭牛羊却没有。祖父说，鸡鸭牛羊它们有自己的食物，饿不着它们，鸟儿们就不同了，它们为了生计四处觅食，不容易呢。

祖父经常告诉我们，做人要善良，要心怀慈悲，因为好人有好报。他说，很久以前，村里有一户人家屋前的大杨树上有个大鸟窝。一天，一场大风把大鸟窝吹掉在了地上。万幸的是鸟窝里三只嗷嗷待哺的雏鸟安然无恙。于是，这户人家的孩子觉得它们很可怜，就捉了虫子来喂食它们，然后带着鸟窝爬到树上，帮鸟修缮好了鸟窝。后来，这个孩子考上了状元。祖父说，这就是善有善报。那时候我信以为真，每次走在路上都会观察有没有被大风吹落的鸟窝。当然，后来我知道这只是个传说。

祖父还说，很多年前，有个牧羊人在河滩上救过一只被蛇困住的鸟。后来黄河泛滥发大水，淹没了村庄，人们只能在树上搭架子艰难度日。牧羊人缺衣少粮，生活异常艰难。就在他饿得快要晕厥快要绝望的时候，那只他曾经救过的鸟飞来了。鸟不知从哪里衔来了一颗脆甜的大枣送给了它的救命恩人。后来，那只鸟每天都会衔来几颗枣送给它的救命恩人。

祖父讲这两个故事是告诉我们：鸟是人类的好朋友，它们是通人性的动物，你若善待它们，它们也会善待你。

我14岁那年，祖父在麦田里捡到过一只因误食毒种子而中毒的猫头鹰。大家对猫头鹰充满了兴趣，一时间祖父的院子里人满为患。那几日，祖父像照顾一个刚出生的婴儿一般照顾猫头鹰。等到它身体恢复后，祖父把它放回了大自然。祖父说猫头鹰是益鸟，它可以帮助庄稼人捕捉鼠类和害虫。

大学毕业后，我远离了故乡。一晃许多年过去了，那些与黄河滩有关的事情常常如洪水一般涌现出来。比如，关于黄河的，关于村庄的，关于学校的，关于父辈的，关于树林的，关于麦田的，关于鸟的……

黄河就是那么神奇，它就像生活在故乡的老母亲一样，无论你身在何处，它总会让你深深惦记。

这些童年回忆对我来说是一笔极其宝贵的财富，也是促使我创作这部生态题材作品的动力。这部作品讲的是一群黄河滩的孩子和鸟儿们的故事。曾经，随着经济的发展和黄河滩的大力开发建设，河滩沼泽地的鸟类生存受到了严重威胁。人们的生态意识淡薄，盗猎现象曾一度猖獗。后来，黄河滩人的生态意识渐渐提高，开始保护、修复河滩生态环境，还给鸟儿们一片蔚蓝的天空。更令人感动的是，黄河滩涌现出了一批护鸟志愿者。他们和盗猎者斗智斗勇，日日夜夜守护着黄河滩，守护着河滩上的一草一木，守护着河滩上的昆虫鸟兽，守护着河滩上的每一个鲜活而富有诗意的生命。

黄河滩护鸟志愿者的故事令我深深感动。于是，我决定静下心来给当下的孩子们讲一讲河滩人和鸟的故事，护鸟人与盗猎者的故事，黄河滩孩子的童年故事。我想，这对他们的成长及他们对生命、生态的认知，将会起到非常重要的作用。

2023 年 10 月 于嘉兴南湖畔

喜鹊

燕子

灰鹤

喜鹊

喜鹊，鸟纲鸦科。体长46厘米左右。体羽黑白两色。肩、胁和腹部白色，腰混以灰色和白色，其余体羽黑色，上体闪金属光泽。翅黑色。具绿、蓝金属光泽。在中国几乎全国均有分布，各地为留鸟。栖息于平原、山区，城市、村庄居民区附近，常集小群生活，冬季有时集成大群。杂食性，以各种昆虫、植物种子、果实为食。

翠鸟

翠鸟，翠鸟科鸟类的统称。为中小型攀禽。翠鸟狭意指普通翠鸟，体形较小，体长16厘米左右。额、头顶、枕和后颈黑绿色，具有许多翠蓝色窄横斑。背至尾上覆羽翠蓝色，闪光泽。一般单独生活，多停息在河湖岸边树、岩石上，长时间盯住水下，见有鱼迅猛直下扎入水中，捕获后飞回原处吞食。分布中国全境。